从情景关系看唐宋词境的流变

魏学宏 著

CONG QINGJING GUANXI KAN
TANGSONG CIJING DE LIUBIAN

甘肃人民出版社

图书在版编目（CIP）数据

从情景关系看唐宋词境的流变 / 魏学宏著. -- 兰州：甘肃人民出版社，2018.10（2022.1重印）
ISBN 978-7-226-05353-9

Ⅰ.①从… Ⅱ.①魏… Ⅲ.①唐宋词—诗词研究 Ⅳ.①I207.23

中国版本图书馆CIP数据核字（2018）第228846号

责任编辑：张　菁
封面设计：马吉庆

从情景关系看唐宋词境的流变

魏学宏　著

甘肃人民出版社出版发行

（730030　兰州市读者大道568号）

三河市嵩川印刷有限公司印刷

开本 787毫米×1092毫米　1/16　印张 10.5　插页 1　字数 145千
2018年10月第1版　2022年1月第2次印刷
印数：1001~2000

ISBN 978-7-226-05353-9　　　定价：45.00元

目　录

绪论……001

第一章　情景关系的哲学基础……006

　　第一节　儒家思想中情景关系的哲学审视……007

　　第二节　道家学说中情景关系的哲学视野……011

　　第三节　禅宗情趣中情景关系的哲学源流……015

　　第四节　儒道释的"天人合一"为情景交融说奠定哲学基础……019

第二章　情景关系的理论渊源……022

　　第一节　从"物感说"谈情景关系……023

　　第二节　从"格式塔"理论分析情景关系……026

　　第三节　从"移情说"理论分析情景关系……033

第三章　情景关系在中国古典诗词中的流变路径……038

　　第一节　自然从生命背景到情景交融境界的描写流变……038

　　第二节　自然从媒介到物我交融局面的审美情趣流变……048

　　第三节　自然逐渐的情化与诗词意境品位的提高深化……055

　　第四节　传统诗体的另辟新境与情景关系的崭新时代……060

第四章　唐宋词中情景关系的表现模式……068

第一节　诗词中情景契合方式的发展变化……068

第二节　唐宋词情景交融艺术手法的组合方式……073

第五章　唐词景物描写的非自觉性与词体的定型……079

第一节　初唐至中唐词体的雏形与景物描写呈现非自觉性……079

第二节　晚唐词体的定型与景物地位的提高……084

第六章　五代词中景物地位的提升与词境的生成发展……089

第一节　五代西蜀：景物地位的提升与花间词境的生成……089

第二节　五代南唐：景物主体化描写的萌芽与词境的发展……094

第七章　北宋景物主体化趋向与词境的升华……100

第一节　北宋前期闺阁以外的别样景致与开阔拓展的词境……101

第二节　北宋中期景物描写的多元变迁与情景浑融的词境……108

第三节　北宋后期景物主体化的逐步形成与物我交融的词境……114

第八章　南渡时期：人与自然关系的转折对景物描写的影响……119

第一节　咏物词中情景关系的嬗变……120

第二节　隐逸词情景关系不同以往的风貌……124

第三节　易安词情景交融的深厚蕴意……128

第九章　南宋：景物主体性描写的篇章化与词境的另一洞天……134

第一节　南宋前期景物主体性描写的日益凸现……135

第二节　田园词中情景关系的新开拓……138

第三节　咏物词中景物主体性描写的篇章化……143

第四节　南宋后期情景关系的协调之美与词境的另一洞天……150

结语……155

附录：主体化词句……157

主要参考文献、著作……160

后记……164

绪 论

就中国古代诗歌而言,始终存在两个层面。一个层面是表现人与社会的关系,另一个层面是反映人与自然的关系。两者之间相互包容、同步进行,常常是文学社会性传达借助于自然,自然的万千变化又映照着人的社会属性。就人与自然的关系对于诗歌发展的影响来说,其典型形态莫过于诗歌意境的生成和流变。意境是我国古典美学和艺术理论的核心范畴。从古至今人们对意境进行了多方面的研究并取得了多方面的成就。人们对意境的研究虽然已取得不少成果,"但在对意境的思想渊源的研究上,往往重视纵向的线性影响研究,而忽略了对人与自然互动关系的探讨,从而影响到了对意境生成机制的揭示。中国的意境诗歌是以人与自然的关系'道枢'的,人与自然的关系的变化将直接影响到意境诗歌的生成和流变。"①因此,只有把意境放在人与自然关系的基础上,才能更好地揭示意境生成的机制和规律。

在诗词中,人与自然的关系具体化为情与景的关系,诗歌的意境就来自于诗歌的情景交融、虚实相生的表现形式以及由此而来的韵味无穷的接受效果。而情景交融又是中国古代诗歌突出的艺术特色,这个观念萌芽于先秦,六

---

① 王建疆:《自然的玄化、情化、空灵化与中国诗歌意境的生成》,《学术月刊》2005 年 5 期。

朝时获得进一步发展,在唐代达到辉煌的顶峰,并且在以后的宋、元、明、清一直得到了自觉的继承和延续,可以说贯穿于中国古代诗歌发展的整个历史进程。中国古代诗人对情与景关系的处理经历了一个从非自觉到自觉的过程。对作品内情与景融合的认识经过了一个景物的工具化、对象化、主体化三个阶段①以及三者与其他各种手法兼容并包的深化发展、逐步完善、最终走向成熟的过程。情与景的交融实质就在于主客间的有机融合。景物的主体化不仅使诗词意境中的情景交融成为可能,而且还使得诗词的意境能够达到空灵蕴藉的高度。因此,中国古典诗词的伟大成就正是一种人与自然亲密无间的体现。

中国的传统文化是人与自然和谐统一的"诗意"的文化。在执中守正、天道和人道相合的民族审美心理的影响下,人们追求人与环境、人与人审美的、诗意的、合生态的存在。而唐宋词之所以韵调优美,瑰丽无比,就在于诗人们以人与自然之间的审美感兴为心理基础,出于对人与自然的同体与共、亲合互融关系的深切体会,将自然情化并看作家园纳入胸中,使自然成为人们审美视野的一种精神体现。情与景的不断融合,一方面表现了人与自然的不断融合,另一方面,在诗歌的创作中,则影响着诗词意境的流变。因此,情景交融在整个中国文学史,尤其是诗歌史中有着特殊的审美价值。

中国古代诗歌以抒情为主,所以情与景的关系问题便成为中国古代美学的中心问题之一。李渔说:"作词之料,不过情景二字,非对眼前写景,即据心上说情,说得情出,与得景明,即是好词。"(《闲情偶寄》)李渔的看法,已经涉及到诗词艺术生成的两大要素,即主观的情和客观的景的关系。而"情"与"景"作为一对相应的审美范畴,经历了一个逐步生成、演变并走向成熟的发展过程。其中包含着诗人对它们的把握从非自觉到自觉的过程。中国古代"物感说",就是"情景交融"的理论基础。情景交融所反映的是东方艺术精神——

---

① 王建疆:《人与自然关系中的诗歌景物流变》,《光明日报》2006年7月8日。王建疆:《中国诗歌史:自然维度的失落与重建》,《文学评论》2007年2期。

中和,即情理、情景的交融、和谐、平衡和互补。

中国古典美学关于情景关系的认识,有一个发展过程。"情"与"景"作为两个审美范畴原本是各自独立的,而且其内涵也是历史地发展着的。中国古典美学关于"情"的认识经历了三个阶段,即生理情感、伦理情感和审美情感。魏晋之前的美学思想家关于情感问题的认识仅止于生理情感和伦理情感,还没有进入审美情感阶段。直到魏晋时期,随着文艺领域"缘情"论的确立,文艺中的"情",其含义才由伦理情感上升为审美情感。"景"的内涵也有一个历史的发展过程。景,一般指外界客观存在的自然景物,或文学作品中所描绘的景象、图景。汉代以前,"景"指太阳的光亮;至六朝晋宋,转为自然风景之义;到唐代,其含义扩大为文学作品中的山水景物描写,称之为"景语"。如云:"景语苦多,与意相兼不紧,虽理道亦无味。"(《文镜秘府论·论文意》)"情"与"景"作为一对审美范畴互相结合在一起源远流长,正如童庆炳所说:"'情景交融'说是中国诗学中具有鲜明民族传统的一种理论。如果从美学意义上溯源,可以追寻到《诗经》的创作实践中,以及随后的'感物''言志'的创作观念的提出。"[1]但情景交融作为明确的美学主张,则始于宋代。范晞文《对床夜语》云:"景无情不发,情无景不生","情景相融而莫分也"。张炎《词源》提出了"情景交炼"的说法。元代的方回曾论到"景在情中,情在景中""以情穿景""景中寓情"(《瀛奎律髓》)等等。明代的王夫之认为,诗的艺术境界是由情与景的互相渗透合一所构成的,所以在诗歌作品中,情与景的关系是同一而不可分的。他多次强调"情景合一""情景相入"(《古诗评选》卷五)等等。在王夫之那里,没有孤立的、绝对的景语与情语,它们都是情景交融之语。王夫之"情景合一"的思想,在清代诗论家那里被明确概括为"情景交炼"或"情景交融","词之诀,曰情景交炼。"(张德瀛《词征》卷一)"情景交融,如在目前,使人津咏不置,乃妙。"(方东树《昭昧詹言》卷十四)近代王国维在《文学小言》中把"情"与"景"

---

[1] 童庆炳著:《中国古代心里诗学与美学》,北京:中华书局,1992年,第53页。

称为文学的两种"原质",认为"景"是对于自然界及人生的各种事实的描绘,"情"是人们对于此种事实的精神和态度,所以"景"是客观的,"情"是主观的,情景交融实际上就是主客观之间的互相渗透,"景"因为有"情"的渗透而心灵化了,"情"因为有"景"的渗透而感性化、具象化了。所以,情景交融的结果,便是艺术美的产生。

王建疆先生指出,先秦时期老庄对自然的玄化、六朝时期玄学对自然的情化、唐宋时期佛禅对自然的空灵化直接影响了诗歌意境的生成和流变。[①]也就是说,人与自然的关系影响着诗歌意境的形成发展和优劣高低。中国的古典诗词,如就唐诗而言,一般以意境的高低来衡量其优劣。那么如何理解词呢?我想也应该从词境,即词的意境来把握,因为"唐宋词的'词境',堪称是中国韵文里头最为优美的一种意境。"[②]而作为中国古典诗歌发展到一定阶段出现的"唐宋词在抒写主观情感方面的细腻深曲,在描写自然景物方面的精妙妥帖,以及两者组成意境方面的成功圆美,这些,就无不显示了自己'青出于蓝(指诗境)而胜于蓝'的特性"[③]。词与诗相比较,在抒情、描写自然景物以及情与景的结合方面已经有了某种微妙的变化,这种变化影响了词境的发展,因此,揭示这种变化和发展就不仅有利于从人与自然关系的高度把握中国古代诗歌意境的生成和流变规律,而且也可以用它来反观当代诗歌发展中遇到的问题,从而为当代诗歌美学的发展提供必要的参照。

本书的研究以情与景的关系为出发点,通过分析情景关系的理论渊源和哲学基础,探讨情景说的历史演变过程及其与意境的关系,通过阐述词的意境的嬗变过程和规律,进一步说明自然作为审美客体所经历的工具化、对象化、主体化的过程和规律。词中所描写的景物经历了一个由狭小的城市人造

[①] 王建疆:《自然的玄化、情化、空灵化与中国诗歌意境的生成》,《学术月刊》2004年5期。

[②] 杨海明著:《唐宋词史》,天津:天津古籍出版社,1998年,第640页。

[③] 同上,第636页

建筑空间延伸到广漠的大自然的拓进过程,所描写的情感经历了一个从表现人们对爱欲恋情的追求到个体自我的身世之感、生存忧患,再到社会、民族的忧患意识与宇宙人生哲思的双重并置的转变过程。而在这个过程中,不论其抒情主人公是否直接出现,"情"和"自然"都能和谐地融合在一起并在我们面前呈现出一幅优美的画面。我们不难看出,这个过程恰好是人不断与自然亲近、融合到合而为一的过程。而人与自然的这种不断融合的过程,也恰好是意境不断地被营造和变化的过程。但词的意境在生成过程中又不是一个简单的逻辑演绎或断然截取一端就可以概括净尽的。从意境的具体特征来说,词在意境的营造上有着情景交融的表现形态,有着虚实相生的想象空间,有着言有尽而意无穷的接受效果。但在词境的流变过程中,这三个方面并不是同步调进行的,它们在词境的生成过程中,是一个彼此融合、相互依赖、相互作用、相互促进的有机系统化过程,这个过程就是天人合一境界的展开过程,也是"自然的人化"在不同阶段的具体表现。因此我们可以说唐宋词独特的抒情魅力不是偶然产生的,它是多种历史契机的产物。但只有从人与自然的层面上去认识,从词的意境上去品味才能深刻理解它的真谛和价值。

第一章　情景关系的哲学基础

意境是中国诗学的核心范畴之一。意境首先是由情与景的组接、融汇而建构起来的。而古典诗词"情景交融"的产生不但有它的理论基础,也有它的哲学思想基础。宗白华曾说:"中国人由农业进于文化,对于大自然是'不隔'的,是父子亲和的关系,没有奴役自然的态度。中国人对他的用具(石器铜器),不只是用来控制自然,以图生存,他更希望能在每件用品里面,表现出对自然的敬爱,把大自然里启示着的和谐、秩序,它内部的音乐、诗,表现在具体而微的器皿中。一个鼎要能表象天地人。"[1]章学诚曾用一段话阐明了情景交融说的哲学内蕴,"然而心虚用灵,人累于天地之间,不能不受阴阳之消息,……是则人心营构之象,亦出天地自然之象也。"(《文史通义》内篇一)[2]概而言之,中国传统文化强调的是一种天人合一的融合精神,因此,诗词中所体现的情与景的关系实际是人与自然关系的一种升华。诗歌中的情景交融实际上也是一种天人合一思想的表现。可以说,情景交融的哲学基础在于天人一体、天人合一的哲学思想,情景交融是天人合一思想的展开。

---

[1] 宗白华著:《艺术与中国社会》,《宗白华全集》第 2 卷,合肥:安徽教育出版社,1995 年。
[2] 戴武军:《诗歌情景交融说的哲学内涵》,《山东师范大学报》1993 年 5 期。

第一节　儒家思想中情景关系的哲学审视

儒家文化创始人孔子的自然观是与其道德理想联系在一起的。他在《论语·雍也》中说:"知者乐水,仁者乐山。知者动,仁者静。知者乐,仁者寿。"儒家乐山乐水之意,有一半在山水,有一半在人生,即从山水的性状里感受到人类的主体精神。所以,在儒家看来,山水既是山水,又是某种人文思想和精神道德的象征和比附。这样,山水内化而成文化人格,人格外化亦可为山水,山水与仁知之人在精神上是融为一体的。此外,孔子还说过:"为政以德,譬如北辰,居其所,而众星共之。"(《论语·为政》)子在川上曰:"逝者如斯夫,不舍昼夜。""岁寒,然后知松柏之后凋也。"(《论语·子罕》)在这里,孔子所欣赏的并不是自然山水本身,而是自然山水所暗示的人之品德。山水星辰松柏等自然意象,与孔子的观照之意融为一体,构成了一幅人生意境图画。后来,孟子、荀子、董仲舒、刘向等儒家大师,都相继阐发了孔子的山水比德思想,影响极为深远。它为儒家文人学者提供了一种观照自然山水的方法,也同时为儒家文艺的取象造境提供了一种方法论导向,从而奠定了儒家比德的审美意境和风格范型。可以说,先秦儒家以山水比德的自然美学思想,在一种简单朴素的形式下向我们揭示了有关自然美的一个极其重要的事实,那就是人所欣赏的自然,并不是同人无关的自然,而是同人的精神生活、人的内在情感要求密切联系在一起的自然。于是,在儒家思想和文化视野里,便纷纷出现了诸如松竹梅"岁寒三友",梅兰竹菊"四君子"等人格化了的自然意象。在许多情况下,这种比德的确是一种直接的比附,亦即根据自然对象与人的德行在某些方面的相似性而强调两者间的类比,乃至把外在的事物视为道德的象征。这种类比往往又被注入了感性情意的内涵,从而以一种独特的方式拉近了人与自然的距离,为两者的互动亲和增添了丰富意趣。所以,在另一些情况下,这种比德则是基于人与自然之间更深邃、更富于哲理性的相通互融,浸润着更普泛、更具有体验性的情感意绪。也就是说儒家具有自然性的感性人生之"意",与艺术王国有着一种更天然更密切的内在联系,能很好的与大自然之"境"实现水乳交融的浑然一体。而这个基础便是"天人合一"的哲学思想。它既是一种古老智慧的体现,同时也是农耕经济对于中国思想文化影响的产物。在古代刀耕火种的年代,对于农业自然条件"天"具有重大的意义,自然和人的生存是统一的。这种看法后来上升到理论认识上,变成了人与自然、人与社会的和谐发展的思想。自然现象被拟人化,从而把万事万物看作是"天"的安排。昼夜交替、草木枯荣都是天随心所欲的安排。汉代的董仲舒对孔孟的"天人合一"思想作了改造,提出"天人感应"说。他说:"天亦有喜怒之气,哀乐之心,与人相副,以类合一,天人一也。"(《春秋繁露·阴阳义》)认为人的情感变化与自然现象的变化之间有一种"同类相动"的对应关系,这样,人的精神便在身边的事物上显现出来,在天地自然的变化中显现出来。这种以己度物,将自然人格化和情趣化的思想直接影响了中国艺术。这一思想的直接体现便是文学中的情景交融,将具体可感的客观的艺术形象转化为情感化、人化了的艺术形象,也即是将"景物"化为"情思",主体的情感特征移入客观对象。由于情感与景物的融合,中国文学由此普遍具有了"味外之境,韵外之致,象外之象"的艺术特色,宋词也如此,婉约词继承了"意在言外"的艺术手法,把读者带进或幽雅或悲凉或空灵的艺术境界中。可以说,精神世界的本真和含蓄的艺术手段结合在一起,就使得含蓄魅力串联于真实情感之中,具有很强的艺术感染力和美感。这种审美特色一经形成,便带上了极强的渗透力和普遍性,艺术的境界便得到了巨大的提升。

儒家哲学厉行中庸,"过犹不及""不偏之谓中"。"大乐与天地同和,大礼与天地同节"(《礼记·乐记》),认为仁是道德,乐是艺术,仁与乐有自然相通之处,强调各种异质东西的和谐统一。所以,在儒家思想文化中,中和与和谐是万物的源本,是德性之和,是修身养性之方。儒家美学的和谐是以人的心灵和谐为起点,以宇宙和谐为终点,而贯通宇宙和谐、个体和谐、群体和谐的不是形式而是生命,是一种人格生命的和谐。和谐的生命理念形成了诗词敦和平远的审美意境与平和淡雅的艺术风格。这些诗词里,诗句没有冲突、火燥和对立之气,诗人与对象之间高度和谐,形成了一种无冲突、无利害的物我高度交融的审美意境,是被王国维称之为"无我之境"的"寒波澹澹起,白鸟悠悠下"(元好问《颖亭留别》)和"采菊东篱下,悠然见南山"(陶渊明《饮酒》)的优美和谐之境的代表,是一种无冲突的和谐审美意境。陶渊明的《归田园居》是敦和、平远和恬淡意境的典范:诗人在诗中描绘了一幅清心温暖的村居图,展现出了一种人与自然、人与人和人的内心高度和谐的静穆诗境。就好像八大山人的画一样充满着和谐天心,充满着生趣,达到了天心自张的境界。陶渊明不为仕途所羁绊,不愿成为政治附庸,表现出一种淡泊名利的文化人格,他用安闲自适的心境,与自然和谐相处,创造出物我不分、敦和平远的诗歌意境范型。其他山水田园诗人如谢灵运、谢朓、孟浩然、韦应物、范成大等人以及以姜夔为开山的清雅派词人都展现出这种和谐静穆和自然淡雅的景观,均具有清新雅丽、温润精致的意境与风格。司空图在《二十四诗品·典雅》中的:"玉壶买春,赏雨茅屋。坐中佳士,左右修竹。白云出晴,幽鸟相逐。眠琴绿荫,上有飞瀑。落花无言,人淡如菊。书之岁华,其曰可读。"[①]就是对这种平和淡远审美意境与风格范型的一种诗意描述。而诗歌意境的生成情与景是不可或缺的两个基本元素。一首诗如果单纯言情而不借助景物来抒发,便易流于直白浅露;若专注于描摹景物而缺乏真情实感,则会出现盲目堆砌的现象。因此,有情无景,或有景无情,都会破坏诗的表现力,危及诗的艺术生命。然而,情与景作为孤立的个别要素,它们各自的蕴含与表现毕竟是有限的。一首诗写了情、写了景,未必就能生成意境。意境的表现特征是心与物、情与景两者交合融汇、和

[①] 司空图:《二十四诗品》,见郭绍虞著:《诗品集解》,北京:人民文学出版社,1998年,第12页。

谐统一。唐人王昌龄《诗格》云："诗一向言意,则不清及无味;一向言景,亦无味。事须景与意相兼始好。"南宋范晞文说"景无情不发,情无景不生",诗应"情景相融而莫分"(《对床夜话》)。都是强调诗歌创作仅有情、景是不够的,还必须是心与物、情与景达到相互应和,相兼相惬,方能产生耐人寻绎的意境,意境的核心就是"中和"之"和"的实现。《礼记·中庸》中云："喜怒哀乐之未发谓之中,发而皆中节谓之和。中也者,天下之大本也。和也者,天下之达道也。致中和,天地位焉,万物育也。"意思是说,喜怒哀乐之情尚未表现出来时,无所谓太过与不及,叫做"中",表现出来后符合节度,叫做"和"。"中"是天下的根本状态,"和"是天下的最终归宿,达到"中和"境界,是一切运动变化的根本目的,这样天地各得其所,万物欣欣向荣。这种"守中致和"的思想,随着儒家教化,逐步融化在民族性中,成为华夏民族所奉行的一种极为广泛而稳固的生命哲学与艺术审美观。《荀子·乐论》说："乐者天下之大齐。"大齐,即是完全统一,人与自然的统一,主与客的统一。郭熙《林泉高致·山水训》说："春山烟云连绵,人欣欣;夏山嘉木繁阴,人坦坦;秋山明净摇落,人萧萧;冬山昏霾翳塞,人寂寂。"沈灏《画尘》说："山于春如庆,于夏如竞,于秋如病,于冬如定。"恽格《瓯香馆画跋》说："春山如笑,夏山如怒,秋山如妆,冬山如睡。"都在说四时之景,与人的身心相互对应,并且情景交相融汇,难以分割。都是强调人与自然在审美上的和合化一,这种和合化一的境界是审美的至高境界,也正是意境的主要特点之一。

在心物关系上,儒家强调的是人心感物,即物对心情的感触作用。就此而言,中华民族在对自然美的欣赏上,几千年来经常把自然的美和人的精神道德情操相联系,着重于把握自然美所具有的人的精神的意义,从而充满着社会色彩,极富于人情味,具有实践理性精神,既很少有自然崇拜的神秘色彩,也很少把自然贬低到仅供感官享乐的地步。《中庸》在强调和谐作用和意义时说："致中和,天地位焉,万物育焉。"由此我们可以看到,人的精神在身边的事物上显现出来,在天地自然的变化中显现出来。人在雨雪风霜、江河湖海、山水草木、鸟兽鱼虫等上面看到自己的生活,感受精神,也就是感受美,体会意境。从儒家思想的中和之美,中庸之学可以看出现实的"鸟兽草木"和人们的生活相容,人格化了的自然意象表现出自然中蕴涵着与伦理道德相合的美学特征,当表现在儒家文以载道的文学观时,那就是儒家德化自然观实际也是一种情景交融,并通过情景交融的形式对中国古典诗歌的意境生成产生了一定的影响。

第二节　道家学说中情景关系的哲学视野

老子认为万物的本体和生命本源是"道"。道产生混沌的"气","气"分化为"阴""阳"二气,万物从二气的和合中产生。《老子》第五章说:"天地之间,其犹橐籥乎?虚而不屈,动而愈出。"他认为天地就像风箱一样,中间充满了虚空,虚空中充满了"气",作为孕育自然万物的生命本体的"道"为先天地而生的混沌一团的气体,使万物流动、运化,生生不息。"道"因自身的圆满丰盛而创生天地万物,天地万物则因自身的贫乏有限而要求回归于作为生命本原的"道"体之中,这就是"归朴返真""复归其根"的过程。而这种循环往复、无有止息的复归又是自在自为、自然而然的。春秋代序、日出日落、花草树木、鸟兽虫鱼、江河湖泊、白云舒卷、春风轻拂等等,都不需要人为的因素而自由自在地运动变化、生生不息。人与自然都为"道"所生化,天地人皆出于"道",那么,天人之间也就自然是息息相通的。故而,老子强调"人法地,地法天,天法道,道法自然。"(《老子》二十五章)受此取法自然、自然无为、顺应物性、"无为而无不为"思想的影响,诗人拥抱自然,有时竟达到"我见青山多妩媚,料青山见我应如是""相看两不厌,只有敬亭山"的物我同一、物我两忘的地步。中国古代诗人、词人乃至艺术家在把握和体验自然万物时,总是采取老子"道法自然"、无为而为、淡泊恬静的审美态势,往往以自然山水为艺术灵感的渊薮,从而形成一种人对宇宙时空的依赖与人对自然万物的和谐氛围，走进山林，在山泉林野、荒木乱石中寻找自己的生活乐趣和寄寓自己的情怀；在齐物顺性、物我同一中泯灭彼此的对峙，主客体之间显现出相亲相和、休戚与共的关系，主体摄物归心，客体会移己就人，在主客运动中，自然无为，使自己与自然浑然一体，达到与万物同致的境界。这种"天人合一"、"我"与"非我"的一体化，表现在审美创作活动中，则形成了审美意境的情景交融。

老子开创了道家的宇宙观，认为世界是有无相生、虚实统一的。《老子》第十一章中说："三十辐共一毂，当其无，有车之用。埏埴以为器，当其无，有器之用。凿户牖以为室，当其无，有室之用。故有之以为利，无之以为用。"老子在这里解释了"有"和"无"之间的辩证关系，指出"有"之所以能给人以便利，全靠"无"的作用。车轮中心的圆孔、盆子的中间、房子中间和门窗分别是空的，所以它们依次能转动，能盛东西，能住人。在老子看来，"有"与"无"是相互关联的，"无"甚至是"有"的必要前提。"有"即有形的、实在的天地万物，"无"即虚无的"道"。老子认为"有生于无"，任何事物都不能只有"有"而没有"无"。"有"与"无"就是"实"与"虚"，"有"和"无"之间的关系也就是"实"和"虚"的关系。也就是说，一个事物不能只有"实"或只有"虚"，而应是二者的结合，否则此事物就失去它的作用和它的本质。而"虚"和"无"的思想进入文学艺术领域，便是要求文学艺术也要虚实结合，这就形成了含蓄、虚构的原则。只有虚实结合，才能在作品中创造出合乎自然之道的最高妙的艺术境界。正是在这种思想的影响下，魏晋时代有不少文人在创作实践中致力于文学意境的创造。如陶渊明的许多诗歌创造出了物我情融的艺术境界。"虚以实而得形，实以虚而生味。"[①]这在后来的文学意境理论中，形成了有无相生、虚实相成的特点，直接生发了中国文学艺术所特有的含蓄美、空灵美。叶朗先生说："'虚实

[①] 南开大学中文系古典文学教研室：《意境纵横探》，天津：南开大学出版社，1986年，第201页。

结合'成了中国古典美学一条重要的原则,概括了中国古典艺术的重要美学特点。……没有虚空,中国诗歌、绘画的意境就不能产生。"①

《庄子·天地篇》讲了一个寓言:黄帝游乎赤水之北,登乎昆仑之丘而南望,还归,遗其玄珠。使知索之而不得,使离朱索之而不得,使喫诟索之而不得也。乃使象罔,象罔得之。黄帝曰:"异哉!象罔乃可以得之乎!"

在这个寓言里,"玄珠"象征"道";"知"象征理智、理性;"离朱"是传说中黄帝时视力最好的人,象征视觉;"喫诟"象征言辩。庄子的这个故事表明,就表现"道"而言,形象比言辩(概念、逻辑)更为优越;但这个形象并不单是有形的形象("离朱"),而是有形和无形相结合,实和虚相统一的形象("象罔")。宗白华在《中国艺术意境之诞生》一文中对"象罔"作了恰当的解释:"非无非有,不皦不昧,这正是艺术形象的象征作用。'象'是境相,'罔'是虚幻,艺术家创造虚幻的境相以象征宇宙人生的真际。真理闪耀于艺术形象里,玄珠的砾于象罔里。"②宗白华先生的解释其实正描述出了大象的虚实相生的本质特征,而虚实相生正是意境的最根本的特征之一。道正是在意境虚实相生的境界中得以显现,人也正是在这虚实相生中明了了道的真谛。而凭借着虚实的结合,意境的终极目的得以实现。

道家哲学所力求维持的实际也是人与自然客体间的统一。在这个统一体中,道家一方面强调纯任自然,如《老子》第六十四章中说:"以辅万物之自然而不敢为。"其中"辅"是顺应自然的客观规律,而"为"则是违逆客观规律,将主观意志强加于万物,实际上也是强调顺应自然。老子又言:"道可道,非常道。"他把"道"的本质归结为"自然","道法自然"(第二十五章)将"自然"提到至高无上的地位。正是此点使中国古代文人奔向大自然,寻求新的审美境界。比如陶渊明诗"久在樊笼里,复得返自然"(《归园田居》),明显是老子"道法自

---

① 叶朗著:《中国美学史大纲》,上海:上海人民出版社,1985 年,第 29 页。
② 宗白华:《中国艺术境界之诞生》,上海:上海人民出版社,1981 年,第 81 页;白蒋凡、郁沅:《中国古代文论教程》,北京:中国古籍出版社,2004 年,第 58 页。

然"的审美变奏。另一方面要求主体贵柔处弱,虚静无为,在与外物接触时,摈除主观意念,在审美心理上审美主体适应客体,达到和谐统一,即主体之情与大自然中的万象即客体之景形成一种高度的融合。道家对主客体关系的认识是强调人与自然的和谐浑一。人与自然的和谐浑一也是人与自然所构成的审美关系中最完美的境界。而人与自然的和谐浑一反应在哲学观念就是"天人合一",折射在艺术领域中主要反映是"情景交融"之论。而情景交融是意境构成的基础,对于诗人来说,"物化"正是他们通向情景交融诗境的一条幽径。

庄子在《人间世》中说:"若一志,无听之以耳而听之以心,无听之以心而听之以气。听止于耳,心止于符。气也者,虚而待物者也。唯道集虚。虚者,心斋也。"在《大宗师》中说:"堕肢体,黜聪明,离形去知,同于大通,此谓坐忘。""堕肢体"就是"离形",也就是忘掉自我的存在;"黜聪明"即是"去知",也就是去掉功利的思虑。这里的"心斋"与"坐忘"就是达到"虚静""无为"精神状态的方式,完全超绝个体自我,至于与宇宙同一之境。只有这样的审美才能"通于大道",得到高度的精神喜悦,即物我一体,万物于我为一的至高境界。要达到"身与物化"的审美境界、人与自然的统一是必须的,对人世的是非得失也必须采取超功利的态度,只有这样,才能领略到人与自然统一所达到的自然美,才能进入"物化"的状态,得到精神和自由的美。"昔者庄周梦为蝴蝶,栩栩然蝴蝶也,自喻适志与!不知周也。俄然间,则遽遽然周也。不知周之梦为蝴蝶与!蝴蝶之梦为周与!""庄生梦蝶"看似荒唐,实际上却揭示了审美心理活动中普遍存在的现象——忘却自我、物我为一。没有物我一体,便没有了审美。"庄生梦蝶"的人蝶互化正是"物化"审美思维方式,这种思维将主客体相互关系联系起来,以审美态度看待对象,以审美方式进入活动中,将客体纳入主体的思维轨道中,主客体得以交融统一。"物化"的思维方式,混淆了主体与客体之间的界限,泯灭了物我的差别,被摒弃了理智对感情的规范;思维的结果是物象转化为意象,意象又转化为形象,也就是主客体之间的相互转化,发生了典型的情景交融或移情作用。经过这样的相互转化,主体之情和客体之景便在相互转化中高度融和,并成为具有审美意蕴的对象。由此可见,在"物化"的思维活动过程中,实现了主体之情和客体之景的异质同构,初步形成情景交融的意境。

在人与物的和谐统一中,人顺物之自然、与物和谐相处,才能合于"道"。主体应该在调和物我关系中发挥作用,使物我关系趋向统一,并使物向审美之物转化。因而,要达到"物化"的境界,就应该以人对物的主导和控制作为手段,才能达到物我为一即所谓的"天人合一"。庄子说"天地与我并生,而万物与我为一",中国古代的文人墨客,多寄情于山水,中国古代的绘画艺术多以山水自然景物为对象,并且往往是人物与自然浑然一体,这不能不说是受了这一思想的熏陶。

第三节　禅宗情趣中情景关系的哲学源流

中国禅宗"自然观"之无分别、绝对待、自在圆成、当下即是的特性,契合了审美兴会的心理机制,受此影响,中国艺术创作与理论普遍重视"兴会",强调心物交融的偶然性与随机性。在禅宗"自然观"的影响下,中国古代高僧大德与文人雅士多追求空寂灵冥、清静幽远、自然肆意的人生境界,这种人生境界在美学、艺术上,则表现为对空灵、淡远风格的追求。"空"是一种纯净的可以进行审美静观的形象氛围;"灵"是指灵气,是蓬勃生气的自由往来。"空"与"灵"结合在一起,便是指在虚静的气氛中不时透露出生命灵气的艺术境界,它能给人一种宁静和谐、自然适意的感觉和含蓄无尽的韵味。析而言之,这种风格具有两方面的重要内涵:一是审美意象的不粘不滞。二是只可意会不可言传的无限韵味。而明人王廷相说:"夫诗贵意象透莹,不喜事实黏著。古谓水中之月,镜中之影,可以目睹,难以实求是也。"[①]清人叶燮说:"诗之至处,妙在

[①] 王廷相著,王孝鱼点校:《王廷相集》,北京:中华书局,1989 年,第 502 页。

含蓄无垠,思致微渺,其寄托在可言不可言之间,其指归在可解不可解之会;言在此而意在彼,泯端倪而离形象,绝议论而穷思维,引人于冥漠恍惚之境,所以为至也。"①叶朗先生说:"禅宗主张在日常生活中,在活泼泼的生命中,在大自然的一草一木中,去体验那无限的、永恒的、空寂的宇宙本体。这种思想进一步推进了中国艺术家的形而上追求,表现在美学理论上,就结晶出'意境'这个范畴,形成了意境的理论。"②张节末说:"禅宗的直观方式向中国的山水画、写意画导入了精神的深度,使之心灵化和境界化;向中国诗歌的缘情传统导入了更为虚灵空幻的意,形成了诗的意境。"③

禅宗将人的精神现象及现象世界自然万物均视作真如法性的随缘显现。也正是在这一观念基础上,禅宗认为修行人可以从自然万物体悟真如本性,禅宗诗文中也往往以自然万物的自在解脱和内在生命力表达内在的精神境界。静寂的自然环境不仅是佛教修行静心的优良场所,而且是佛教修行者表达自己悟境的自然境界。宗白华先生说:"静照的起点在于空诸一切,心无挂碍,和世务暂时绝缘。这时一点觉心,静观万象,万象如在镜中,光明莹洁,而各得其所,呈现着他们各自的、充实的、内在的、自由的生命,所谓万物静观皆自得。"④也就是说,人能以闲适的心态生存,才能以审美的心态观察自然万物,才能体会自然万物的本真生存状态,体会自然万物的本身的内在生命力。只有人的心灵处于空灵清澈的状态,才能达到"心即物,物即心"的融和状态,从而进入"梵我合一"的自由的心境来达到审美的最高境界。

禅宗哲学认为,世界万物都是因缘和合而成,没有自性,所以为"空"。"空"是宇宙的本体,人生的真谛,"空"是一种人与自然、外界浑然一体、圆融

---

① 叶燮、薛雪、沈德潜:《原诗·一瓢诗话·说诗晬语》,北京:人民文学出版社,1979年,第30页。

② 叶朗:《再说意境》,《文艺研究》1999年3期。

③ 张节末著:《禅宗美学》,杭州:浙江人民出版社,1999年,第23页。

④ 宗白华:《论艺术的空灵与充实》,见《美学散步》,上海:上海人民出版社,2006年,第43页。

自在的苍茫境界。禅宗认为世界万物的真实性皆来自于"心"的观照。所以其否定一切外在存在,而追求个体的某种觉悟境界,也即摆脱了一切理性思考和功利目的即成佛境界。但如果执著于空无,那么主体的这种解脱是得不到证明的,因此只有进行直觉观照,采取色即空的相对主义方法,将色空、性空统一起来。这样,人的心灵与外部世界融为一体,形成一种新的表象,即"境"。此"境"不是纯客观的物象,而是经由心灵熔铸而成的喻象。这种心象是人在生活中由心灵观照而产生的,是人生体验的产物。所以,一方面是心境,另一方面又是喻象。禅宗这种直觉观照、喻象方式重塑了诗人的审美经验,将中国诗歌导入了精神深度,使之心灵化和境界化,为诗歌的缘情传统导入了更为虚灵空幻的意,形成了诗歌非常虚灵,极其微妙,不落言筌的意境。

禅宗认为,只有通过"顿悟",便可以人心顿现真如佛性。所谓"顿悟",指对真如佛性的顿然明白。禅宗南宗称顿悟为妙悟,东晋僧人僧肇是这样解释"妙悟"真谛的:"玄道在于妙悟,妙悟在于即真。即真则有无齐观,齐观则彼己莫二。所以天地与我同根,万物与我一体。"(僧肇《涅槃无名论》卷四),"即真"就是彻底打通主客体之间界限,这样才能做到"有无齐观""彼己莫二",因而我(内心世界)与宇宙万物就可融为一体。这时的我已不是单个的我,而是天地自然的有机组成部分,从此进入了"梵我合一、物我同一"的境界。禅宗通过顿悟进入了无差别、绝对自由的涅槃境界,核心是真;诗人画家通过妙悟进入了物我交融、主体客体合一的艺术境界,核心是美。由此带给诗歌创作一股活泼泼的灵动之气。谢灵运的诗句"池塘生春草",陶渊明的"采菊东篱下,悠然见南山"都是即目入咏、俯拾皆是的自然常景,读来却清新逼人、灵气飞动。王维的"落日鸟边下,秋原人外闲。"孟浩然的"回瞻下山路,但见牛羊群。"(《游精思观 回望白云在后》)描述的是最真实的生活的原生态,也是炉火纯青的艺术状态。"行到水穷处,坐看云起时。"(王维《终南别业》)"野渡无人舟自横"(韦应物《滁州西涧》),"前村深雪里,昨夜一枝开。"(齐己《早梅》)这是诗人对自然景物的审美观照,也是自然任运的禅意禅趣的体现,在这里诗对自然的观照里有禅的灵光,禅对自然的领悟中闪烁着诗的倩影,诗家对禅家自然观的心领神会,使他们对自然风景的抒写中确实做到了情与景合、意与象偕,清新、自然,形神毕现,形成了再现自然的表现性山水风格。可以说,在禅宗思想的影响下,文人的审美情趣发生了变化,向着静、幽、淡、雅,向着适意澹泊,向着物我两忘的境界发展,雪景寒林、烟岚萧寺、寒江独钓、幽涧寒松,成为了诗人迷恋的意象。反映在诗歌中,形成含蓄蕴藉、意味深长的意境风格。

无论是禅境借诗境表达,还是诗境中含悠悠禅意,对中国古典美学来说,都是极微妙、极层深、极精美的。即或败墙枯枝,也会幻化成宏深融彻的审美对象,让人追思默想,浑然成境。禅与诗在主体心灵中冥合,开放出了璀璨的花朵,将难以言传之美留给人们去品味。它们既是心灵对自然的感应,对活跃生命的传达,又是对最高妙境的启示。诗人入禅的最重要意义,就是把人生行为和伦理价值认识及艺术观念引向到审美价值范畴,开启和强化了诗人顿悟的智性,淡化了诗与禅之间的界限。禅宗与中国诗歌的双向渗透,使诗人从观照、欣赏到构思、表现的方式都发生了深刻的变化。诗人在宗教实践中培养自己的宗教人格,并把这种宗教的哲学意蕴和宗教修炼心境带到诗歌创作的审美活动中,禅趣的介入使得诗人笔下的山水境界变得诗意盎然。唐宋时期,诗与禅互相渗透交融,"诗为禅客添花锦,禅是诗家切玉刀",禅宗对的倾心直接影响了诗歌创作中情与景、意与象的遇合,出现了许多独具韵致的诗歌作品和流派。而在中国古典文学中,与禅结合得最紧密且取得成就最大的艺术门类首推诗词,其与意境的关系可谓水乳交融。王国维说道:"词以境界为最上。有境界则自成高格,自有名句。"[①]禅宗思想是意境理论生成的一个重要的源流,禅宗美学思想和文学艺术特别是诗歌作品,与意境有着密不可分的关系。

---

① 王国维著:《人间词话》,济南:齐鲁书社,1983年,第128页。

第四节　儒道释的"天人合一"为情景交融说奠定哲学基础

儒、道、禅宗三家在讲"天人合一"时，虽然各自的角度有所不同，但它们之间又有共同的特点。首先，三家都强调人与自然可以相融相通，因此，我国传统的自然美理论，如先秦时期的"比德"说，魏晋时期的"畅神"说，唐代的"妙悟"说及以后的"韵外"说、"境界"说等等，都是以天人相通为基础，强调你中有我，我中有你，充满生命的灵动。从发生论看，我们前面分析的"物感说"也是以"天人合一"，天人相通相融的观念为前提的。其次，儒、道、禅宗三家都强调人与自然的和谐统一。中国诗学从人与自然的和谐统一中去寻找美，讲求顺天应人。《尚书·尧典》说："诗言志，歌永言，声依永，律和声，八音克谐，无相夺伦，神人以和。""神"是指有意志的神灵，也即"天"，这说明天可以与人交流感情，通过诗乐就可以使人天达到和谐沟通。《中庸》中说："致中和，天地位焉，万物育焉。"可见中和之道是一种人与自然，人与社会高度统一的审美理想。再次，儒、道、禅宗三家目标都在于追求天人合一，总是强调心与物相合，主观与客观统一。儒家的"比德"说，使自然成为主体情思的象征，从而在人与自然之间取得了精神品质的一致。道家则视天地人为一体，人与自然相合，就在于摈弃自我，汇入无穷大化之中。庄子梦蝶的寓言，就是物我界限消失，物亦我，我亦物，进入物化境界，主客合而为一，形成出神入化的境界。禅宗所说的佛即我心，我心即佛，物质与精神世界、物与我都浑然一体。总之，从先秦到当代中国美学在心物关系都是侧重于人与自然和谐统一中顺应自然，而作为完整的审美体验过程，它是一种生命形态的有机活动，这种活动对中国传统诗学情景交融的形成与发展产生了深远影响。

中国传统的农业文明和自然经济，形成了与环境和宇宙间的自然生命相互依存的文化心态,即"天人合一"的心态。在这种"天人合一"思想、心态的影响下,中国人对自然山水存在着一种精神上和心理上的亲切感和认同感,容易与自然景物建立起正面的审美关系。在充满诗情画意的中国文化历程中,历代的文人骚客都在他们的诗文、书画和乐舞中传达着他们对天人合一真谛的体悟。王维在他那"明月松间照"(《山居秋暝》)、"人闲桂花落"(《鸟鸣涧》)一类的山水诗中传达了人景相依的情怀。辛弃疾的"我见青山多妩媚,料青山见我应如是"(《贺新郎·甚矣吾衰矣》),也在物我为一的感受中提升着自己的心灵境界。程颐的"万物静观皆自得,四时佳兴与人同"(《秋日偶成》),则表现了诗人与自然和睦相处的怡然自得的心态。钟嵘《诗品序》说:"若乃春风春鸟,秋月秋蝉,夏云暑雨,冬月祁寒,斯四候之感诸诗者也。"主体感物动情,实现自然物象与情景统一,即物我交融,表现在作品的意象之中,便是一种"天人合一"。王夫之《姜斋诗话》说:"情景名为二,而实不可离。神于诗者,妙合无垠。巧者则有情中景,景中情。"在人为中心的原则支配下进入心物交融、情景合一的境界。所以说诗歌中情景交融的艺术特色,在审美的意义上,它体现了人们以人情看物态、以物态度人情的审美的思维方式,而用这种思想模式、审美态度来观照宇宙万物,从而发现自然美,生发出"天人合一"的美学思想,生成诗歌"情景交融"的意境之美。"天人合一"的关系体现出生命的某种象征意义。天人合一的思维方式,体现了中国传统审美活动的独特性和有机整体的思想方法,对中国古代诗歌中情景交融的形成具有明显的指导意义。因此说,情景交融是人与自然合一的人生理想追求在诗歌美学中的体现,具有深厚的哲学基础。

我们的民族是一个很重感受的民族,很能体验出细腻的感情,能在自然景物上发现潜伏的生命活力,能通过自然观照自己,并在作品中,达到情与景相感相生。在天人合一思想的指导下,中国人在处理人与自然关系,在营造诗歌意境时,其审美意识和审美体验就更加自觉和发达,从而带来了中国古代诗歌意境的不可企及的高峰。

总之，自然万物是愉情悦性的对象，人们可以从中获得身心的愉悦。在审美活动中，个体投身到自然大化中去，人参天地化育，对自然积极回应，实现个体生命与宇宙生命的融合，这种观念对中国艺术产生了重大影响。可以说，中国古典诗歌中的情景交融既是物感的产物，也是"格式塔"的表现，但归根结底，都不出天人合一思想的制约和影响。中国诗歌艺术正是从"天人合一"的生命情调中寻求美又最终体现了"天人合一"的中华审美之魂的。

第二章　情景关系的理论渊源

唐代王昌龄在《诗格》中说:"诗一向言意,则不清及无味;一向言景,亦无味。事须景与意相兼始好。"清代李渔在《闲情偶寄》中说:"作词之料,不过情景二字,非对眼前写景,即据心上说情,说得情出,写得景明,便是好词。"当代宗白华说:"意境是造化与心源的合一。就粗浅方面说,就是客观的自然景象和主观的生命情调的交融渗化。情和景交融互渗,因而发掘出最深的情,一层比一层更深的情,同时也透入了最深的景,一层比一层更透明的景。"①以上三人的看法实际说明了诗词艺术生成的三大要素,即主观的情和客观的景,以及二者间的关系。情与景的融合既是意境创造的基本规律,也是诗歌美学的重要原则。情与景本属性质相异形态相远的两种存在形态,它们怎么能够相互交融、互为表里,从而达到表情达意的最佳效果?在这里我们首先作一理论上的探讨。

---

①宗白华著:《中国艺术意境之诞生》(增订稿),《宗白华全集》第 2 卷,合肥:安徽教育出版社 1994 年,第 358 页。

第一节　从"物感说"谈情景关系

　　中国古典诗词的抒情功能特别发达。即使是那些山水诗、咏物诗和叙事诗,抒情色彩也非常浓郁。而在传统美学思想的影响下,中国古代的诗人在抒情言志时,很少采用直抒胸臆的方式,往往是把感情和景物相结合,使感情经过景物的折射,曲折含蓄地表达出来,从而使得中国的古典诗词在艺术上达到了浑然天成、蕴藉含蓄、韵味无穷的审美境界。可以说,"情"和"景"是古典诗词构成的两大要素,处理情景关系,是中国古代诗人的基本技能。清代吴大受说:"作诗有情有景。情与景合便是佳诗,若情景相睽,勿作可也。"明代的谢榛则说得更明确:"景乃诗之媒,情乃诗之胚,合而为诗。"可见,情景交融是古代诗人创造意境的基本途径之一。

　　中国古代的"物感说"是"情景交融"的理论基础。最早明确提出"物感说"的是《礼记·乐记》:"凡音之起,由人心生也。人心之动,物使之然也。感于物而动,故形于声。……乐者,音之所生也;其本在人心之感于物也。是故……六者非性也,感于物而后动。"这里所说的"乐",并非只指音乐,而是指一种舞蹈、诗歌、音乐三合一的综合艺术。《乐记》中这些话明确地向我们展示了艺术的产生过程:首先是人心"感于物而动",然后表现为"声",即审美之音。"音"应和节奏,并杂之以歌舞就成为"乐",即艺术。艺术就是审美主体感于审美客体,并且两者交融互渗而生成的心智结晶,是心物两契的产儿。"物感说"强调的是外在物象对主体内心的刺激感发作用,因而它把"从物出发"作为自己的逻辑起点。但"物"不是被作为终极对象来描写,而只是作为情感的引发因素,只有情感才是诗所表现的终极对象。也就是说,感的是"物",但吟的是"志"。就诗词中的"鸿雁"意象而言,庾信的《秋夜望单飞雁》"失群寒雁声可怜,夜半单飞在月边。无奈人心复有忆,今暝将渠俱不眠",卢照邻的《昭君怨》"愿逐三秋雁,年年一度归",杜甫的《归雁》"肠断江城雁,高高正北飞",三者都借大雁来写乡关之思。再如李白《菩萨蛮》"举头望见衡阳雁,千声万字情何限",写思妇怀远;李清照《声声慢》有"雁过也,正伤心,却是旧时相识",望见大雁,睹物思人,倍添伤感,等等。在这里,鸿雁并不是诗人着力刻画的对象,但日常生活中群雁与孤雁的悲欢离合唤起的是诗人繁华梦落的愁怨,鸿雁劳而不辍的两地迁徙牵动的是诗人对遥远故乡的思绪。于是孤雁成为人事的自然象征物,诗人来通过鸿雁传达了一种情感,鸿雁成了离家在外的游子寄托乡土之思的载体。因其如此,鸿雁在古代诗词中也就成为乡愁、羁旅行役之苦以及寄托桑梓之思的空中使者的典型意象。

自《乐记》提出"物感说",后代的许多理论家皆持此说并作进一步阐释。陆机在其《文赋》里说:"遵四时以叹逝,瞻万物而思纷,悲落叶于劲秋,喜柔条于芳春。"即认为人心触物而动,产生悲喜忧叹之情。随后刘勰在《文心雕龙》中说:"人禀七情,应物斯感;感物言志,莫非自然。"(《明诗》)在这里刘勰提示了感物咏志这一过程是出于自然的,也就是说客观自然的美是出于自然的,而由客观世界的美所引起的诗人的感情变化也是自然的,由此诗美也是出于自然的。"春秋代序,阴阳惨舒,物色之动,心亦摇焉。……是以献岁发春,悦豫之情畅;滔滔立夏,郁陶之心凝;天高气清,阴沈之志远;霰雪无垠,矜肃之虑深。岁有共物,物有其容,情以物迁,辞以情发。……是以诗人感物,联类不穷,流连万象之际,沉吟视听之区。写气图貌,既随物以宛转;属采附声,亦与心而徘徊。"(《物色》)当充满生机的春天来临时,人们会感到愉快和欢畅;在闷热的夏日,人的心情也随之感到郁闷;天高气爽的秋景能使人怀抱幽深辽远的志向;到了冰雪覆盖的隆冬,人们又会陷入严肃的沉思。这段话形象地论述了客观景物和诗人内心相功相感,即诗人主观感情随着客观自然景物变化而动荡。因外物而在诗人的内心勃然兴起强烈的审美感受,产生了艺术创作的欲望,然后抒情吟志,形之于诗。从一方面看,是自然的各种现象引发了人的情感,从另一方面看,这种客观物象并不是独立于主体之外的客体,是人赋予了独特主观情思的客体,所感而动的情强调的并不是物之情,而是人之情,即其本质在于人之心,但又与物之神相通,物已着人之色彩,剥落了物形的束缚。因而感物而起的情又回归到物中,以情观物,这"物"便是主客体之间的浑融。张璪所谓"外师造化,中得心源"(见张彦远《历代名画记》卷十),就是强调物与我,造化与心源的有机统一,主张主体身心节律与对象自然节律之间的契合协调。钟嵘《诗品序》也说:"气之动物,物之感人,故摇荡性情,形诸舞咏。"所以,"物感说"中的自然山水堪称人类的精神家园,滋养着审美者的心。心与物的相生相感,自然与自我是一个无法分割的整体,自然形象总是表现出对人的理解和关注。在中国传统诗论中,自然一向被认为是诗歌创作的一种基本要素,是中国诗人笔下一个独立的具有审美价值的东西,不是以主观知性强加于自然。人被看作是自然的一部分,而不是把自然看作人的对立面。可见诗歌是身外物而引发的一种内心情志上的感动作用。

从以上分析看,"物感说"在强调艺术的生成时,是十分重视人的主观感受的。可以说,没有主观精神的渗入,就不能领略感受自然景物之美,就不可能有审美意识。而美并不存在于客体本身,也不存在于主体精神,而是存在于主体和客体之间的关系之中,存在于审美活动中。对此李泽厚先生予以解释道:"自然有昼夜交替季节循环,人体有心脏节奏生老病死,心灵有喜怒哀乐七情六欲,难道它们之间(对象与情感之间,人与自然之间……)就没有某种相映对相呼应的形式、结构、秩序、规律、活力、生命吗?……欢快愉悦的心情与宽厚柔和的兰叶,激愤强劲的情绪与直硬折角的树节;树木葱茏一片生意的春山与你欢快的情绪;木叶飘零的秋山与你萧瑟的心境;你站在一泻千丈的瀑布前的那种痛快感,你停在潺潺的小溪旁的闲适温情;你观赏暴风雨时获得的气势,你在柳条迎风时感到的轻盈;你在挑选春装时喜爱的活泼生意,你在布置会场时要求的严肃端庄……这里边不都有对象与情感相对应的形式感吗?梵高火似的热情不正是通过那炽热的色彩、笔触传达出来?八大山人的枯枝秃笔,使你感染的不也正是那满腔的悲痛激愤?你看那画面上纵横交错的色彩、线条,你听那或激荡或轻柔的音响、旋律。它们之所以使你愉快,使你得到审美享受,不正是由于它们恰好与你的情感结构一致?"①也就是说,"物感说"既是外物触发主体情思的过程,也是主体将主观情感融于物的过程,这样外物与主观情思就组成了一个互动生成的过程,也就是诞生新质——意境的过程。中国古代美学大多又将心与物的关系转换成具体构思过程中的"情与景"的关系来加以述说。情景交融既是创造诗歌与生发的非常重要的方式和手段,又构成了意境的主客统一所必须的内在特质。由此可知,意境的生成离不开"物感",而"物感"正是"意境"产生之初因。由于"物感说"一方面重视人的主观感受,另一方面强调客观景物的引发,从而明确地将单向的主体对客体的感受升华为一种体现中国哲学"天人合一"精髓的审美体验和对话交流,这就为"情景交融"的美学原则奠定了理论基础。

第二节　从"格式塔"理论分析情景关系

"格式塔"心理学,是20世纪初德国的一个现代心理学派别,后在美国广泛流传与发展。"格式塔"心理学派所提出的原理,运用到诗歌鉴赏上,不仅可以从理论维度上破解中国古代诗歌的创作法则,而且可以从审美实践上诠释中国古代诗歌独特的艺术意境。

"格式塔"心理学派别在美学方面的代表人物是美国的阿恩海姆。他在关于审美体验的学说中提出"异质同构"说。异质,指不同物体在本质上的差异;同构则是指它们有着相同的力的结构形式。阿恩海姆认为,自然物之所以能表现人的心理情感,除了人赋予它以意义这一因素之外,它本身必定具有能使人赋予该意义的物质。这种物质阿恩海姆称之为"力的结构":"我们发现,

---

①李泽厚:《审美与形式感》,《文艺报》1981年6期。

造成表现性的基础是一种力的结构。这些结构之所以会引起我们的兴趣,不仅在于它对那个拥有这种结构的客观事物本身具有的意义,而且在于它对于一般事物的物理世界和精神世界均有意义。像上升和下降,统治与服从,软弱与坚强、和谐与混乱、前进与退让等等基调,实际上乃是一切存在物的基本形式。不论是在我们自己的心灵中,还是在人与人之间的关系中,不论是在人类社会中,还是在自然现象中,都存在着这样一些基调。那诉诸于人的知觉表现性,要想完成自己的使命,就不能是我们自己感情的共鸣。我们必须认识到,那推动我们自己的情感活动起来的力,与那些作用于整个宇宙的普遍性的力,实际上是同一种力。只有这样看问题,我们才能意识到自身在整个宇宙中所处的地位,以及这个整体的内在统一。"①也就是说,"格式塔"心理学认为,无论是物理世界还是心理世界,其万事万物都表现为一种力的结构。物理世界和心理世界虽然质料不尽相同,但其力的结构是可以相通的。特别是当观赏对象中体现的力的式样在性质上与人类的某种情感活动中含有的力的式样趋于异质同构时,人们便会感到这些观赏对象具有了人类的情感表现。"离愁渐远渐无穷,迢迢不断如春水",便是因为主体感受到的"离愁"的高级运动形式的力的结构,和"春水"的低级物理运动形式的力的结构联结成为一体了,此时物我合一,身心和谐,审美体验便油然而生。

"格式塔"心理学所倡导的内在心理结构与外部事物结构的同形契合,可以说触及了文学艺术之所以美的秘密。这一点体现在文学创作中,就是作家常常寻找"情"的对应物"景"来作为反映生活、表达情思的方式。文学艺术家在与自然山水物象的亲密无间的契合中,其心灵得到了审美愉悦,获得了最大的满足。叶维廉先生曾将其概括为:"以自然自身构作的方式构作自然,以自身呈现的方式呈现自然。"②在这种方式中,文学艺术家所关注的不是他刻

---

① 鲁道夫·阿恩海姆著:《艺术与视知觉》,北京:中国社会科学出版社,1984年,第623页。
② 叶维廉著:《中国诗学》,北京:生活、读书、新知三联书店,1994年,第97页。

意经营、用心思索的主观情思,而是直接凝注和点逗活泼鲜明的物象,把主观情思隐藏其中,以一种自然而然的本样方式加以呈现。范仲淹的《苏幕遮·怀旧》:

碧云天,黄叶地,秋色连波,波上寒烟翠。山映斜阳天接水,芳草无情,更斜阳外。

黯乡魂,追旅思,夜夜除非,好梦留人睡。明月楼高休独倚,酒入愁肠,化作相思泪。

词的上片将天、地、山、水通过斜阳、芳草组接一起,构成一幅极为寥廓而多彩的秋色图。而写景中带有强烈的主观感情色彩,着一"情"字,可以说上片的写景为下片的抒情作了有力的渲染和铺垫。下片写尽管月光皎洁,高楼上夜景很美,却不能去观赏,因为独自一人倚栏眺望,更会增添怅惘之情。故夜不能寐,借酒浇愁,酒入愁肠却都化作了相思之泪,至此主人公羁泊异乡时间之久与乡思离情之深自现。上片写景,下片抒情本是词中常见的借景抒情方式,但借萧瑟的秋景来表达乡思离愁却又是"异质同构"方式的表现。再如陆游《卜算子·咏梅》:

驿外断桥边,寂寞开无主。已是黄昏独自愁,更著风和雨。

无意苦争春,一任群芳妒。零落在泥碾作尘,只有香如故。

此词上片以梅花独放于阴风冷雨的寒冬昏夜,寂处于驿外断桥边,隐喻词人的不幸遭遇和不得志的心情;下片以"春""群芳"隐喻当时的官场,并表现了词人洁白孤高不愿同流合污的品格,反映了词人在黑暗中虽粉身碎骨而此志不移的精神。该词虽有主观情思,但并非直言情思,而以咏物寄寓情思,并做到主客观的融洽统一,凸现了景物的主体化色彩,而词也正是通过"情"与"景"的"异质同构","状难写景如在目前,含不尽之意见于言外"。文学作品这种呈现的方式,也给予我们新的观念:词的创作和欣赏既不能单单局限于对外在物色的表现的了解,也不能仅仅以一种单纯、抽象的概念的方式去解释,而应该以异质同构的方式去契合诗人初感外物之时的审美情形,在此基础上去感受和体悟种种物象所提供的多种暗示和意绪。这正如阿恩海姆所说:"在观赏时,这个重要样式(作品的主要样式)并没有被观赏者的神经系统原原本本地复制出来,而是在它的神经系统中唤起一种与它的力的结构同形的力的式样。这样一来,观赏者的欣赏活动就不再是一种外部客观事物的纯认识活动。这个用于表现这个故事的特定的力的式样,在观赏者头脑中活跃起来,并使观赏者处于一种激动的参与状态,而这种参与状态才是真正的艺术经验"。①

审美活动作为人类基本活动,蕴含着主客体的双向交流和意象营构。就诗词而论,意境实际上是情和景的结合、意与象的交融,它们体现了古人体察万物时的天人合一观和重视个体人格的塑造与感性生命的体验。联系我国诗词意象的选择,很大程度上就是心物同构运用的典范。

比如"月"作为一个古老意象,它就不断地表现着人们的情感变化。《诗经·陈风·月出》就云:"月出皎兮,佼人僚兮。舒窈纠兮,劳心悄兮。"皎洁柔和的"月"不仅渲染了一种恬静优美、扑朔迷离的气氛,而且也使人想到那位月下美人玉骨冰肌般的美丽容颜!苏轼词中之"月"也常常作为其精神获得解脱而形成旷达情怀之后的一种生命映照物。他在词作中以鲜明的笔调描述了大量的明月千里之境。"夜阑风静欲归时,惟有一江明月碧琉璃。"(《虞美人·有美堂赠述古》)"明月如霜,好风如水,清景无限。"(《永遇乐·彭城夜宿燕子楼》)"过沙溪急,霜溪冷,明溪月。"(《行香子·过七里濑》)"照野弥弥浅浪,横空隐隐层霄。"(《西江月·顷在黄州》)"月明风露娟娟,人未眠。"(《醉翁操·琅然》)这种明月千里之境体现出苏轼豁达通脱、任诞随缘的洒脱情怀,因而使其词作显出澄明、旷达的风格。月乃无生命的事物,为何能与人之情怀甚至是人生之思联系在一起呢?苏轼《水调歌头》:"人有悲欢离合,月有阴晴圆缺,此事古难全。但愿人长久,千里共蝉娟。"可以说点出其间机关所在:物理上的盈

---

①阿恩海姆著:《艺术与视知觉》,北京:中国社会科学出版社,1984年,第630页。

亏循环构成了一种张力,它与人世间离合聚散在人心中引起的心理力的延伸与收缩显然可以相互沟通、吻合、同一,所以特别容易勾起骚人墨客自比生平,失意落寞忧悒的情绪来。类似的意象,像黄昏、落日、晚钟、夜雨等等,共同构成了中国诗歌感伤美学的柱石,皆可拿来作为"异质同构"的佐证。

"异质同构"将人的整个心理引向生机盎然的万物,诗词中的各种自然物象,变成了实实在在的载体,这些自然物也因此被人格化和象征化。古人在自然物象身上看到了自己的存在、自身的本质,人们从这些充实着自身恐惧与愉悦,理想与瞩盼,烦恼与悲伤的对象身上,愈加切近地体察到人的生命意义和生存价值,致力于人与外物的感性接触和个体人格的建构,现实生活中的情思也有了更多的诗意的宣泄和回味的机缘。

在意境的生成过程中,诗人往往用一种混融不分的模糊、直觉、整体性的入思方法来看待对象,视对象为一个不可分割的整体,并力求把握其全景和深层意蕴。单个意象如此,多个意象的组合更不例外。意象的组合首先建立在"同构"的基础之上,合力获取诗歌的整体美和意境。这种入思方式恰巧正是"格式塔"心理学派所提倡并作为依据的一种思维方法——整体论。"格式塔"原理认为"异质同构"不是其组成部分的简单相加,而是经过主体知觉活动进行积极组织和建构而成为经验中的"整体"。所谓整体并不等于构成它的所有各部分要素之和,而是经由知觉组织从原有的构成成分中"凸现"出来的全新整体。也就是说,鉴赏作品不是消极被动地感知"景",而是要通过欣赏主体创造性的知觉活动对作品提供的种种"景"进行重组而生成新的意象整体的过程。如欧阳修《踏莎行》:

候馆梅残,溪桥柳细,草薰风暖摇征辔。离愁渐远渐无穷,迢迢不断如春水。

寸寸柔肠,盈盈粉泪,楼高莫近危阑倚。平芜尽处是春山,行人更在春山外。

如果将其中的词语拆开,给人的只是一些零散的印象,所显示的意义就极为单纯、孤立,但做一整体性分析,词境便凸现了出来,前三句的每一个静态或动态的景象,都具有多重含义和功能。"离愁渐远渐无穷,迢迢不断如春水",此二句即景设喻,即物生情,以水喻愁,写得自然贴切而又柔美含蓄。下片"寸寸""盈盈",显示出女子思绪的缠绵深切。"楼高莫近危阑倚",是行人心里对泪眼盈盈的闺中人深情的体贴和嘱咐,也是思妇既希望登高眺望游子踪影又明知徒然的内心挣扎。整体观之,全词以优美的想象、贴切的比喻、新颖的构思,以象传情,含蓄蕴藉地流露出一种"迢迢不断如春水"的情思,一种情深意远的境界,形成了一个完整的情感世界和意绪过程。

唐代刘知几说:"睹一事于句中,反三隅于字外。"(《史通·叙事》)让·斯塔罗宾斯基在《波佩的面纱》一文中指出:"被隐藏的东西是一种在场的另一面。假使我们试图描写的话,不在场所具有的能力把我们引向另一种能力,这种能力为某些实在的东西以一种相当不等的方式所拥有:这些东西表明它们后面有一个神奇的空间。"[1]由是,景是虚实隐显的统一,它是作品中一条看不见的红线,而读者在阅读的过程中,超越景(象)的层面,追求一种象外、言外、意外的统领全诗的新质。从而形成文学意象的整体性效应,显出文学作品别样的美。也就是说,优秀的诗歌要求意象能够从它们本身游离出来、升华起来,较大程度地实现对心与物、形与神的合二为一。到达这一层次的诗歌,我们说它最终获得了它的"格式塔质"。"所谓'格式塔质'就是客体中的某种结构、关系在人的知觉中的呈现,是一种非心非物、亦心亦物的现象所在,其中包孕着人与自然、人的心理与人的环境之间无比丰富的内容。"[2]诞生了的"格式塔质"对于整首诗歌来说,已经不是作为一个元素而存在,而是作为一个统摄、汇拢全诗的关键而发挥作用。由此可知,诗歌艺术并不是作为"情"或"景"某种元素而存在,而是作为一个创造与接受间的力的统一场而存在。也就是说,

---

[1]博尔赫斯等著:《波佩的面纱》,北京:社会科学文献出版社,1999年,第189页。
[2]鲁枢元著:《文艺心理阐释》,上海:上海文艺出版社,1989年,第128页。

在诗歌艺术的欣赏中,我们不仅要专注于一言一物、一景一情,而且更应该从它们的有机组合中妙悟出一种超乎言语结构之外的整体意蕴。这种整体意蕴就是通过作品内在结构于外在感悟互生互动的整体审美效果。

"格式塔"理论又指出:当人们看到一个不规则、不完满的形状时,会产生一种内在的紧张,迫使大脑皮层紧张地活动,以填补"缺陷"使之成为"完形",从而达到内心的平衡,最后人们通过感官和知觉所得到的是一个个"完形"。实际上,人类创造性的心理机制常常实现于"格式塔"的这种闭合性之中,而不完满、有空缺正是人们进行心理闭合的重要条件。这一点与中国诗歌艺术的"空白含蓄之美"理论有相通之处。张谦说:"含蓄二字,诗文第一妙处。"[1]《漫斋语录》云:"诗文皆要含蓄不露,便是好处。古人说雄深雅健此便是含蓄不露也。用意十分,下语三分,可几《风》《雅》也。"[2]袁枚说:"凡诗文妙处全在于空。"[3]刘熙载说:"律诗之妙全在于无字处。"[4]所以对于诗歌艺术的创作来说,不仅要塑造生动具体可感的艺术形象,而且也应该为读者提供一个耐人寻味的审美空间,这是审美接受的重要前提。我们不难发现,空白意识是诗人特有的感觉方式,诗歌艺术的空白含蕴之美是诗歌作品旨在追求的极境,它作为中国诗歌的深层结构,缅邈幽深,难以穷尽,具有多层次性、未确定性的审美特征。如果说诗人通过空白和不完满给读者以耐人寻味的审美想象空间,那么读者在鉴赏过程中就必须调动自己的经验、情感、思想等审美积淀而成的文化心理结构去联想、去填补,从而走向完形,得出自己对诗作的独特见解。接受美学大师伊瑟尔说:"作品意义的不确定性和意义空白促使读者去寻找作品意义,从而赋予他参与作品意义构成的权力。"[5]正是由于诗歌作品的

---

[1] 郭绍虞著:《清诗话续编》,上海:上海古籍出版社,1983年,第795页。
[2] 何汶.《竹庄诗话》卷一,四库全书珍本初集。
[3] 袁枚著:《随园诗话》,北京:人民文学出版社,1982年,第461页。
[4] 刘熙载著:《艺概》,上海:上海古籍出版社,1982年,第50页。
[5] 瓦尔宁著:《接受美学》,慕尼黑:慕尼黑威廉·芬克出版社,1975年,第236页。

艺术空白提供了一个无限的审美思维空间,使读者能够发挥自己的能动性和创造性,参与诗作意义的实现。对读者来说,不仅应该善于发现诗歌词语片断中的艺术空白,更应该善于把握诗歌形象内在的审美空间,入乎其中而仔细玩味,以充分驰骋想象去品"味外之味",去寻"象外之象",从而达到言有尽而意无穷的接收效果。这种文学接受观正好触及了"格式塔"心理学有关接受心理闭合性的内在精蕴。

"格式塔"理论虽是建立在分析、逻辑推理之上的理性的科学分析,但是"格式塔"心理学派所提出的"整体性""闭合性""同构性"等理念与方法的理论主张,运用到诗歌鉴赏中,不仅可以从理论维度上破解中国古代诗歌的创作法则,而且也可以从审美实践上,特别是从审美接受上揭示中国古代诗歌独特的艺术意境生成的审美真谛。

第三节　从"移情说"理论分析情景关系

"移情说"是自 19 世纪后半叶以来逐渐发展并盛行欧洲大陆的一种理论观点和美学思想。概括说来,移情理论是指人们在观照外界事物时,设身处在事物的境地,把原来没有生命的东西看成是有生命的东西,仿佛它也有感觉、思想、情感、意志和活动。作为一种评价文学作品的重要原则和方法,不但可以从理论上认识古代诗词中情感与外物的关系,而且可以从审美欣赏层面来认识中国古代诗歌独特的情景交融或意境现象。

19 世纪 70 年代,德国美学家费肖尔在《视觉的形式感》一文中首先使用了"移情作用"这一概念。他认为"在看一朵花时,我就缩小自己,把自己的轮廓缩小到能装进花里去,相反,看庞大的事物时,我也就随它们一起伸张自己。"移情作用就是"我们把自己完全沉没到事物里去,并且也把事物沉没到自我里去:"我们同高榆一起昂然挺立,同大风一起狂吼,和波浪一起拍打岸石。"①移情这一美学现象的重要特点就是人的感觉、情感、思想、意识、活动等引入外界事物或自然界中。外界事物和自然界也具有喜怒哀乐。人也就是花、草、兔、马等。实质上就是"一切形式如果能引起美感,就必然是情感思想的表现,就必然有内容。"②说到底,移情作用就是人的心灵与情感的表现。情是人的情感、意识、思想、感觉、意志、活动等人的主观精神,移情作用就是在人静观或观照下把人的情感、意识、思想、感觉、意志、活动等变成鹤舞白沙、昙花怒放、月影婆娑、瘦马古道、雪域高原等的真实意象。由此而见,在"移情说"中"情景合一"是一种移情作用,是主体把在我的情感外射到客体上去,使之变成在物的,实现情感的对象化。西方移情说的集大成者立普斯是这样解释移情作用的:"我们把亲身经历的东西,我们的力量感觉,我们的努力,意志,主动或被动的感觉,移置到外在于我们的事物里去,移置到在这种事物身上发生的或和它一起发生的事件里去③。"即把主体的情感移注到物里去,物我同一,主客体同一。诗歌中的移情其实在汉魏诗歌中就已经出现,如汉乐府《伤歌行》"春鸟翻南飞,翩翩独翱翔。悲声命俦匹,哀鸣伤我肠。"曹丕《杂诗》"草虫鸣何悲,孤雁独南翔"等。清人吴乔《围炉诗话》中说"夫诗以情为主,景为宾。景物无自生,惟情所化。情哀则景哀,情乐则景乐"。可见中国诗人在其创作中是比较关注移情作用。如柳永《惜琼花》中"汴河流,如带窄。任身轻似叶,何计归得",《八声甘州》中"惟有长江水,无语东流",均将思乡与流水捏合在一起,是对传统上以流水意象关合乡思的延伸。苏轼《浣溪沙》"谁道人生无再少,门前流水尚能西",给流水意象注入人生希望。朱敦儒《临江仙》"流水滔滔无住处,飞光忽忽西沉"中流水意象所携带的是作者生命失落空虚感。赵鼎

---

① 费肖尔:《批评论丛》,转引自朱光潜著:《西方美学史》,北京:人民文学出版社,2001年。

② 朱光潜著:《西方美学史》,北京:人民文学出版社,2001年。

③ 蒋孔阳主编,李醒尘分主编:《十九世纪西方美学名著选·德国卷》,上海:复旦大学出版社,1990年,第603页。

《如梦令》"歌罢楚云空,楼下依前流水"中流水意象昭示的是时序永恒。沈端节《五福降中天·梅》"流水溅溅,照影古寺满春色"以流水意象传递春天气息。可以说,人与外界自在之物的融合,不论是情景交融还是移情,一旦融合,物象就不是纯粹的,而是变成了心象与意象。物皆著上我的生命,皆充满此时我的喜怒哀乐的心绪与意趣,皆镶上此时我的或谦卑或厚道的人格与尊严。

立普斯认为移情就是审美主体对客体进行审美欣赏时,主体向对象"灌注生命"的过程。审美对象表现出的由审美主体所赋予的生命和灵魂,使自身具有审美价值。审美享受是一种有价值的快感,这种快感是由观照对象所引起的,不同于饮食等生理快感,是我们内心的心境和意志状态。一方面,审美主体对于审美客体是一种移情作用,审美对象不再是单纯的客观对象,而是拥有情感和意志的对象;另一方面,审美主体也不再是我自己,而是客观化的自我。也就是说,审美主体在对审美客体进行关照时,审美客体即是审美主体,审美主体与客体之间不存在对立,我可以在对象之中关照到自己。"春风何豫人,令我思东溪。草色有佳意,花枝稍含促""野花愁对客,泉水咽迎人""雨恨云愁,江南依旧称佳丽",春风、野花、泉水这些自然景物原本是没有生命的表象,与主体产生共鸣便与主体一同"天籁人籁合同而化"。此时,主体即是客体,客体亦是主体。立普斯认为移情作用是审美主体与客体"双向交流"的结果,即审美一方面灌注生命于审美客体,另一方面,审美主体还要吸收审美客体的生命与情感,即由我及物与由物及我的统一。

情景交融在过程上大致有两个方向。一是由情入景,一是由景入情。由情入景就是人在观察外界事物时,设身处在事物的境地,把原来没有生命的东西看成有生命的东西,仿佛它也有感觉、思想、情感、意志和活动,同时,人自己也受到对事物的这种错觉的影响,多少和事物发生同情和共鸣。由景入情,也就等同于物感论。朱光潜说:"我国古代语文的生长和发展在很大程度上是按移情的原则进行的,特别是文字的引申义。我国古代诗歌的生长和发展是如此,特别是'托物见志'的'兴',最典型的运用移情作用的例子是司空图的二十四'诗品'以及在南宋盛行的咏物词①。"依照朱光潜先生的这个说法,我国先秦文学中出现的"悲秋"母题,实际上也就是审美中的移情作用。从《诗·秦风·蒹葭》托物言志,以茂密的芦苇和白露秋霜为情感载体,吟唱出思念情人的哀愁,到宋玉《九辩》"悲哉!秋之为气也,萧瑟兮草木摇落而变衰。憭慄兮若在远行,登山临水送将归。泬寥兮天高而气清,寂寥兮收潦而水清。……黄天平分四时兮,窃独悲此凛秋"的悲叹,这种借自然景物作为自己情感的载体来表达自己的意志、性情、心境,并同时将自己的意志、性情、心境外射到对象中去,与对象相浃与化,"使死物生命化,无情事物有情化"的现象在宋词中存在不少。辛弃疾注愁恨于群山并与群山,共悲愁:"楚天千里清秋,水随天去秋无际。遥岑远目,献愁供恨,玉簪螺髻。"周德清的"千山落叶岩岩瘦,百结愁肠寸寸愁"、柳永的"惨绿愁红"、李清照的"绿肥红瘦"、史梅溪的"柳昏花冥"、周邦彦的"牵衣待话"、张孝祥的"万象为宾客"等等,无不以自我情感赋予自然景物而使这些看似无情的山、水、花、鸟,甚至宇宙万象有了与自己同样的情感,而词人又与这些"看起来有了人的情感"的对象相互交流,相互呼应,表现出审美中的移情作用。

虽然立普斯的移情说侧重于审美主体向审美客体即审美对象单方向的情感的移入,但其审美移情的主要特征是主体移情客体,主客融于一体。他举例:我在蔚蓝的天空里,以移情的方式感觉到我的喜悦。那蔚蓝的天空就微笑起来,我的喜悦是在天空里,属于天空的。这和对某一对象微笑不同,我欣赏的审美对象的愉快就是'我'自己的愉快,就我的意识说,我和它完全统一起来了。可以说,立普斯的移情说具有双向性,在聚精会神地观照中,仿佛蔚蓝的天空与我有同样的喜悦,主体又通过这种错觉与对象发生共鸣,把我的性格、感觉、情趣移注于物;同时又把物的姿态吸收于我,我没入大自然,大自然也没入我,物我交感,人的生命和物的生命往复回环交流,相互碰撞,相互振

---

① 朱光潜:《西方美学史》(下卷),北京:人民出版社,1979年第2版。

荡,相互改变。物体被主体的情志意识化,主体被客体的表象审美化,我和物的界限完全消失。主体与客体、个体与整体、形象和观念、现实和理想、生命与宇宙、瞬间与永恒、有限与无限等等得到交融、互渗、沟通。这种移我于物,又移物与我建构一种新的意象,达到美感最高层次,物我两忘,物我同一,呈现一种超物我、超时空、超功利的审美极致状态。

在艺术和诗歌创作中,情感的表现必须通过可以知觉的对象呈现出来,移情入景,使得情感由抽象变具体,化无形为有形,于无情处生情。吴乔曾在《围炉诗话》中说:"唐诗能融景入情,寄情于景。如子美之'近泪无干土,低空有断云',沈下贤之'梨花寒食夜,深闭翠微宫',严维之'柳塘春水漫,花坞夕阳迟',祖咏之'迟日园林好,清明烟火新'。景中哀乐之情宛然,唐人胜场也。"对诗而言,并没有天生自在的纯客观的"景"。在真正的诗里,一片自然风景就是一种心情,成为诗人主以意志的象征、情感的符号。客体与主体的感情完全"合二为一",从而达到主客消融、物我两忘、物我同一的高妙艺术境界。立普斯则提出:在审美过程中,主体必须将主观的情感赋予客体,使之客观化、形式化;客体必须以充盈着主体情感的主观化了的形式呈现出来。这样,审美观照时,只有对象的形式凸现出来,它的意义和效用及与其他事物的联系暂时隐退到意识阈限之外,物我由两忘进而同一,最后进入浑然一体的物我交感状态[1]。所以,虽然审美移情的特点是直觉与形象的直接结合。但应用到诗歌创作和鉴赏中则大大加强了情感的表达,使人们更好地体悟出诗词的意境。

---

[1] 立普期:《论移情作用》,《北京大学哲学系美学教研·西方美学家论美和美感》,北京:商务印书馆,1980年,第274页。

第三章 情景关系在中国古典诗词中的流变路径

就文学而言,始终存在两个层面。一个层面是表现人与社会的关系,另一个层面是反映人与自然的关系。两者之间相互包容,常常是文学社会性传达借助于自然,自然的万千变化又映照着人的社会属性。作为中国古典诗词也不例外。时至今日,当我们漫步于中国古典诗词中,依然能吮吸到其沁人心脾的芳香,欣赏到其姿态万千的神采。而中国古典诗词之所以能具有无穷的魅力,产生含蓄蕴藉的艺术效果,给人一种极大的美的享受。这主要是中国古典诗词中通过情与景的关系突现出了人与自然的关系,表现了一种自然的情化。

第一节 自然从生命背景到情景交融境界的描写流变

在《诗经》中,有许多篇章都热情地歌颂自然美。有的以某种自然物兴起某种联想,如《周南·关雎》中以雎鸠在河洲上的鸣叫联想到那位美貌、娴静的姑娘是自己的理想伴侣,引出君子对淑女的追求,鸟在关关和鸣,人当喜结良缘，相辅相成，写得委婉而有情致。有的以某种自然物比喻某种社会事物，如《卫风·氓》中"桑之未落，其叶沃若""桑之落矣，其黄而陨"，以桑叶由光鲜到黄落比喻女子青春逐渐消逝，或是爱情由盛而衰。《诗经》中有的只是把自然作为劳动和生活的背景和点缀，《王风·君子于役》和《小雅·无羊》诗写了鸡群、牛羊以及牧人的悠然自得之态，写了人与生物的亲切和谐。《小雅·甫田》表现了农人在丰收时节的喜悦心情，"乃求千斯仓，乃求万斯箱。黍稷稻粱，农夫之庆"，并真诚地感谢四方之神的甘雨及时。《诗经》中还有许多诗篇都表现了先民凿井耕田的生活自在，对万物生命的欣喜以及对自然全盘融入的愉悦安足。而这时自然风光还没有成为一种独立的审美对象进入人类的视野，万物只是作为人类的生命背景，不过诗人们在布景时，在景与人的设置上独具匠心，有时诗人通过象征、暗喻等修辞方式，描绘出具有丰富内蕴的背景，使得背景成为"有意味的形式"，只有仔细体味背景、点缀和媒介，挖掘其背后的文化内涵才能领悟"景"中含有何种"情"。而在《诗经》的创作过程中，作者们发现人与大自然之间存在着某种对应关系，人的思想情绪可以在自然界中找到"对应物"，而人们微妙的内心世界也可以通过这些具体形象的"对应物"来表达。正是基于对人与自然的这种对应关系的认识和为了表现这种对应关系，于是《诗经》的无名作者们创造了"比兴"手法。"兴"的物象，单独地看都是自然物的真实状态。但"兴"的物象所显示出来的这种对自然的现实、理智的态度，以及对自然的一种兴趣及关注，表明我国古典诗歌，在一开始，就存在这样一种不自觉，"兴"在有意无意间，使诗呈现出自然景物加情志这样一种框架。虽然这时诗歌所描绘的景还不完全是为了加强表情达意的需要，景与情态的关系还较生疏，但"兴"的存在使情景交融诗歌的产生有了潜在的因素。从《诗经》开始，中国古代把人的精神品质同自然现象相联系，并从这种联系中感受到自然的美，这是人类对自然的审美意识的一个重大发展，是对自然与人之间有某种内在对应关系的发现。这正是对自然美的意识产生的重要标志。

在楚辞中，人与自然的和谐展示的比较精致，常常可以见到一些优美的风景画面,常常可以读到许多吟咏香木芳草的篇章。如《九歌·湘夫人》中"筑室兮水中,葺之兮荷盖;荪壁兮紫坛,播芳椒兮成堂;桂栋兮兰橑,辛夷楣兮药房;罔薜荔兮为帷,擗蕙櫋兮既张;白玉兮为镇,疏石兰兮为芳。芷葺兮荷屋,缭之兮杜衡。合百草兮实庭,建芳馨兮庑门"。诗人通过想象调集了众多的香木芳草,布置卧室,美化庭院。再如《离骚》中,"揽木根以结茝兮,贯薜荔之落蕊;矫菌桂以纫蕙兮,索胡绳之。""制芰荷以为衣兮,集芙蓉以为裳。不吾知其亦已兮,苟余情其信芳。"但这些琳琅满目的香花芳草要么是起兴之手段,要么是"君子""小人"一类形象的比喻,并不是一种对自然的静观和鉴赏。如屈原在《离骚》中用栽培鲜花香草来比喻美好品质的培养,用对香草的痴迷爱好来比喻坚持高风亮节,又用臭草或萧艾来比喻变节者或奸佞之徒。在《橘颂》中,他更赞美"受命不迁,生南国兮;深固难徙,更壹志兮"的橘树,以此来象征自己坚贞的人格。显然,在这些场合屈原是把草木的自然属性与人的道德品质相联系,把香草佳木当作美德的"对应物",而把臭草当作恶德的"对应物"。将自然景物与人的精神品德相联系的观念,在《诗经》中已露端倪,比如《小雅·节南山》以山的高峻来比喻师尹的威严;《唐风·有杕之杜》以生于道边的树木来比喻好贤的殷切之意,这一点在儒家那里得到进一步发挥,集中地体现为孔子的"比德"说。屈原以草木比喻道德品质所反映的自然美观念,与孔子"君子比德焉"的看法是一致的。同时我们需要认识到是屈原作品中"香草美人"的托喻虽然有很强的现实性,但它们在诗中所造成的艺术效果却仍然富于浪漫色彩。比如"朝饮木兰之坠露兮,夕餐秋菊之落英""制芰荷以为衣兮,集芙蓉以为裳"(《离骚》),以露珠落花为食,以花草为衣,这样的形象显然出于诗意的想象力,在现实生活中是没有的。

两汉时期,汉大赋中的自然呈现通常是铺张扬厉的夸饰和繁类成艳的堆砌,景物依然是它本身,展现的是自然景物的客观性,不是被主观化的道德或情感比附物。如《七发》中水势的波澜壮阔,浪涛的千形万态是江水本然的客观形态,作者极尽艺术之能事,搜词穷句地竭力形容,虽有夸张但底蕴是客观写物,并没有把自己的主观情感或心志附载其中,所呈现给我们的景象只有景物的自然状态而不是将我们引向对道德或情感的理解和体悟。这也正代表了汉人能够将自我从畏惧自然或者自然的神秘束缚中抽身出来,客观地审视眼前的事物,不去比德附志。也就是说汉大赋不再局限于单一的仁义之途,不再只是注重善恶道德,而是转向关注于人们朝夕相处的自然,从狭小的现实社会走向无限广阔的自然,呈现绚丽多姿的自然,发掘自然的美。第一次穷形尽相、着墨如泼地把外在自然纳入文学审美的领域,脱去比德和象征,显露其声音形状、颜色姿态等自然属性。因此赋家能够表现出俯仰天地、品类万物的自得之情。如《月赋》中对月亮升起的流动变化的记述,《郁金赋》中对郁金香与众不同的出类美丽的盛赞,《芙蓉赋》中对芙蓉花色形态的雕琢,展示了赋家对自然景物的美丽体认和摹写技巧。

皇权的渐趋衰落与人们的政治道德情感的渐趋衰微,致使文人的个体意识逐渐萌发,个人的审美意识也渐次觉醒,文学中抒情的气质显露了出来。一些失职的达官和失意的文人开始向往追求自然山水,他们在与大自然的实际接触中,深感自然山水可以怡神养性,愉悦情怀,从中获得无穷的精神享受。张衡的《归田赋》"于是仲春令月,时和气清,原隰郁茂,百草滋荣。王雎鼓翼,鸧鹒哀鸣,交颈颉颃,关关嘤嘤。于焉逍遥,聊以娱情。尔乃龙吟方泽,虎啸山丘。仰飞纤缴,俯钓长流。触矢而毙,贪饵吞钩。落云间之逸禽,悬渊沉之。"用清新的语言描写了春日自然景物的美妙,其中自然地流露出作者归隐田间后恬淡安适的心情。而从赋体来看,当时对自然的抒写赞美并不是主流。但字里行间表露的对大自然美景的向往,对自然美景给人精神上带来的慰藉和解放,给人情感上带来的寄托和欢愉的赞美,已经使人与自然达到了一种情景交融的境界。

魏晋时,先秦儒家道家的自然观使魏晋人由消极遁世进入到寄情山水,再加上受老庄思想影响下的玄学之风的弥漫,更是增进了人与自然山水的亲和。曹操的《观沧海》"东临碣石,以观沧海。水何澹澹,山岛竦峙。树木丛生,百草丰茂。秋风萧瑟,洪波涌起。日月之行,若出其中。星汉灿烂,若出其里。幸甚至哉,歌以咏志。"处处写景。魏晋之后,谢灵运的"野旷沙岸净,天高秋月明","池塘生春草,园柳变鸣禽","白云抱幽石,绿筱媚清涟","春晚绿野秀,岩高白云屯"以及谢朓的"余霞散成绮,澄江静如练","喧鸟覆春洲,杂英满芳甸","寒城一以眺,平楚正苍然","苍翠望寒山,峥嵘瞰平陆","余雪映青山,寒雾开白日"等都从不同角度揭示了大自然的美,人们把自然山水当成欣赏对象来展开对大自然的审美活动,给人以艺术的享受,也启发人们从美学的角度去亲近大自然,发现和领略大自然的美。诗人们竞相摹山范水,刻画精工细密,主体的情感消隐在客体景物之后。此时以谢灵运为代表的山水诗歌中情景呈现明显的分离状态,但这种分离是对先秦时期景物从属地位的颠覆。而魏晋人强烈的山水情感和深刻的山水意识,密切了人与自然的关系,山水从此不再冷寂,人从此不再孤立无援,山水与人、人与山水从此开始成为可以倾心相交的朋友。可以说,六朝时期山水开始作为独立的审美客体出现。鲜活和充满生机的山水渗入了审美主体浓郁的情感,情和景的交融给人带来无限的美感享受。

初唐诗人提倡汉魏风骨,着力革新。初唐复古之风实质上相对于占主要地位的客体,主体地位的又一次提升。情感和寄托重新被置于和景物同样重要的地位,在唐诗中,诗人们放声歌唱祖国山河的壮丽,热情赞美田园风光的秀丽,抒写对自然美的向往和追求。孟浩然的《过故人庄》:

> 故人具鸡黍,邀我至田家。
> 绿树村边合,青山郭外斜。
> 开轩面场圃,把酒话桑麻。
> 待到重阳日,还来就菊花。

通过对田家简朴生活、优美自然环境的描写,流露出诗人对田园生活的向往,对田园风光的热爱。

王维的《山居秋暝》:

> 空山新雨后,天气晚来秋。
>
> 明月松间照,清泉石上流。
>
> 竹喧归浣女,莲动下渔舟。
>
> 随意春芳歇,王孙自可留。

这首诗里,空山雨后的清凉,松间明月的清光,石上清泉的流动,浣女归家的笑声,渔舟穿过荷花的动态,山居之人的悠然自得,和谐完美的融合在一起,给人一种丰富新鲜的感受。再如"隔牖风惊竹,开门雪满山"(《冬晚对雪忆胡居士家》),"日落江湖白,潮来天地青"(《送邢桂州》),"漠漠水田飞白鹭,阴阴夏木转黄鹂"(《积雨辋川庄作》)等用白描的手法,曲折尽态地描绘出大自然的美。

李白的《望庐山瀑布》其二:

> 日照香炉生紫烟,遥看瀑布挂前川。
>
> 飞流直下三千尺,疑是银河落九天。

他用饱蘸激情的笔触描写了庐山瀑布的雄奇壮丽、气势磅礴,寄托了热爱自然之情。再如杜甫的《绝句二首》之一:"迟日江山丽,春风花草香。泥融飞燕子,沙暖睡鸳鸯。"和《绝句四首》"两个黄鹂鸣翠柳,一行白鹭上青天。窗含西岭千秋雪,门泊东吴万里船"等诗句把自然描写得生意勃发。同时唐代佛教的兴起,禅宗心和物之间的关系,也为情景交融提供了借鉴和实现的途径。"青青翠竹,尽是法身;郁郁黄花,无非般若"。这种对象消弭后的主客体合一,是一种"存在"的灵性的审美境界。如王维《辛夷坞》"木末芙蓉花,山中发红萼。涧户寂无人,纷纷开且落。"诗中自开自落的芙蓉花并非是传统诗歌中的托物言志,而是映物于心、反观心源后参悟到的个体生命的存在。一朵自开自落的花,也是一片孤寂的心灵,自成禅境。再如王维"明月来相照"和"复照青苔上"句中的"月"和"日"都是主体化了的具有象征性的意象。其他非关禅意的诗歌如李白的"相看两不厌,唯有敬亭山""举杯邀明月,对影成三人",景物与诗人平等对话,展开互动。再如杜甫"岸花飞送客,樯燕语留人"等。钱钟书在《谈艺录》中谈到杜甫的"水流心不竞,云在意俱迟"时说,"吾心不竞,故随云水以流迟;而云水流迟,亦得吾心之不竞。此所谓凝合也。"① 可以说,在诸多唐诗中云、水和心、意之间有互动统一的关系,情景交融为一体。

在宋词里,辛弃疾《鹧鸪天·代人赋》:

> 陌上柔桑破嫩芽,东邻蚕种已生些。
>
> 平岗细草鸣黄犊,斜日寒林点暮鸦。
>
> 山远近,路横斜,青旗沽酒有人家。
>
> 城中桃李愁风雨,春在溪头荠菜花。

这首写农村风光的词,看上去好像是随意下笔,但细细体会,便感觉情味盎然,意蕴深厚。表达了作者对农村生活的欣赏流连和热爱。

范成大《眼儿媚》:

> 酣酣日脚紫烟浮,妍暖破轻裘。
>
> 困人天色,醉人花气,午梦扶头。
>
> 春慵恰似春塘水,一片縠纹愁。
>
> 溶溶泄泄,东风无力,欲皱还休。

整首词生动、细腻、充盈。许多贴切的词语天气给人的困乏感觉,使人如沐其中,感觉到了春天的温暖,闻到了醉人的花香,感受到了柳塘小憩的恬美。

黄庭坚《诉衷情》:

> 小桃灼灼柳鬖鬖,春色满江南。
>
> 雨晴风暖烟淡,天气正醺酣。
>
> 山泼黛,水接蓝,翠相挼。
>
> 歌楼酒旆,故故招人,权典青衫。

此词以轻快的笔调写出了江南春天的秀丽风光,清新俊美,富有生活情趣。

这些作品或借斜风细雨的江南风光表达隐逸情怀,或借红衰翠减的江上

---

① 钱钟书著:《谈艺录》,北京:中华书局,1984年。

秋色抒发乡愁别情,或借浩荡东流的长江表现壮怀激情,人情因山水而感发,山水因人情而妩媚,突出地体现了"一切景语皆情语"的特色。

吟咏中国古典诗词,人爱自然、吟咏自然美的诗篇枚不胜举,很多古典诗词都或深或浅地挖掘自然美,或直或曲地抒写自然美。把自然作为歌咏的对象,表现人对自然的亲近、热爱和歌颂,吟咏人与自然的和谐。但更深层次地去看,中国古典诗词里所表现的不仅仅是一种对自然界物象的赞美,而主要是把人的生命活动注入到自然中去,使人在自然中看到自己。这可以从两个方面理解,第一个方面是人对大自然的关注使山川万物染上人的主观色彩,借山川万物抒发难以名状的喜乐哀怒之情。我们知道,人生命的意义在于精神上的活动,人在自然中徜徉难免要有物我情感上的交流。感物伤怀、借景抒情都是在自然的生命中领悟人生,自然作为人生的观照物往往倾吐着人生际遇,萦绕着人心的欢乐、忧愁,人也往往从自然的变化中感受到自然与主体的心意相通。这点可以从中国古典诗词对意象的营造中看出。

比如梧桐是唐诗宋词中一个备受青睐的意象。它的出现总是伴随着孤寂、冷清、落寞、哀愁等情绪。南唐李煜深院中的"寂寞梧桐"和南宋女词人李清照的"梧桐更兼细雨"。两词系国破家亡之哀音。李后主的《相见欢》"无言独上西楼,月如钩。寂寞梧桐深院锁清秋。"西楼见残月,夜已深沉,顾影徘徊,不能入寐,其人之浓重愁情可见,再向深院望去,冷月的清光照着梧桐的疏影,寂寞庭院,重门深锁,多么清冷的环境啊!寂寞者实非深院梧桐,人也。这里的梧桐着上凄清的色彩,这就是王国维所说"以我观物,一切皆着我之色彩"。后主此梧桐已是着上"我之色彩"的梧桐了。李清照的《声声慢》通过残秋景物的衬托,抒写夫广家破、饱经忧患离乱生活的深重哀愁,词中极力铺叙"乍暖还寒""晚来风急"的恶劣气候,"满地黄花堆积"的零落景色,更兼黄昏时刻点点滴滴在梧桐叶上的凄清秋声,营造了一种浓厚的悲愁氛围。

四季的雨,因时因季而变,春雨的清新滋润,夏雨的酣畅淋漓,秋雨的缠绵凄迷,冬雨的苦冷严寒,不同季节的雨能给人留下不同的情绪记忆。而同一的雨,感于不同的词人,所生之情亦不尽相同。有赞雨的清新可爱,表达欣喜欢快的情绪,晁补之誉雨为"嘉雨"使得"新痕涨"(《摸鱼儿·买陂塘旋栽杨柳》),周邦彦赞雨滋润万物,"雨肥梅子"(《满庭芳·风老莺雏》),"试问闲愁都几许,一川烟草,满城风絮,梅子黄时雨"(贺铸《青玉案·凌波不过横塘路》),写愁的悠长。"已是黄昏独自愁,更著风和雨"(陆游《卜算子·驿外断桥边》)写愁的孤叙寂。"青鸟不传天外信,丁香空结雨中愁",写愁的无耐。"自在飞花轻似梦,无边丝雨细如愁"写愁的迷离。

鸿雁,中国古人把它当成寄托桑梓之思的空中使者。如卢照邻《昭君怨》"愿逐三秋雁,年年一度归",杜甫的《归雁》"肠断江城雁,高高正北飞"。南朝出使西魏的庾信叹恨羁旅、忧嗟身世,在《秋夜望单飞雁》中表达了他在《拟咏怀·其七》中"胡笳落泪曲,羌笛断肠歌"的"乡关之思"——"失群寒雁声可怜,夜半单飞在月边。无奈人心复有忆,今暝将渠俱不眠";李白《菩萨蛮》"举头望见衡阳雁,千声万字情何限",写思妇怀远;李清照《声声慢》有"雁过也,正伤心,却是旧时相识"望见大雁,睹物思人,倍添伤感;朱敦儒《卜算子》"旅雁向南飞,风雨群初失。……云海茫茫无处归,谁听哀鸣急",唱出了飘泊逃难者的心声;《西厢记》长亭送别时"西风紧,北雁南飞"的气氛塑造;洪升《长生殿》中李隆基也唱"无边落木响秋声,长空孤雁添悲哽";元人无名氏(中吕)《红绣鞋》有"孤雁叫教人怎睡?一声声叫的孤凄。向月明中和影一双飞。你云中声嘹亮,我枕上泪双垂,雁儿我你争个甚的!"其中人与雁处境相似,同病相怜,怜雁也正是感伤身世。鸿雁秋去春归,长途奔波,飘零在外,这一点和乱世人生中的颠沛流离相似,于是孤雁成为人事的自然象征物。鸿雁成了离家在外的游子寄托乡土之思的载体,包含了无数文人骚客的千古嗟叹!而在长期的意象营造和体味中,人们赋予了意象更为丰富的审美价值,使其具有了更高的审美价值。

第二个层面是将大自然对象化。本无丑美的大自然在移情的作用下,出现物我合一、物我交融的局面,李白《独坐敬亭山》:

众鸟高飞尽,孤云独去闲。

相看两不厌,只有敬亭山。

在诗人的笔下,敬亭山是有生命的,诗人与敬亭山互相凝视的结果是两者相互转化,山是诗人,诗人是山。两者在本质上取向于对方,人从敬亭山中看到了自我生命的活动和延长。诗人来到敬亭山之时正是他饱尝人间酸甜苦辣之时,人世不畅的感觉在敬亭山中得到释放,使他暂时忘却了往日的人生坎坷。"我道青山多妩媚,青山看我也如是"(辛弃疾《贺新郎》)也在物我为一的感受中提升着自己的心灵境界,"春山个个探头看,看我松下饮苦茶","万物静观皆自得,四时佳兴与人同"等都是将大自然对象化,表现了诗人与自然和睦相处的怡然自得的心态。费尔巴哈说:"人由对象而意识到自己:对于对象的意识,就是人的自我意识。人由对象而认识人:人的本质在对象中显现出来;对象是他的公开的本质,是他的真正的、客观的'我'。不仅对于精神上的对象是这样,而且,即使对于感性的对象,情形也是如此。即使离人再远的对象,只要确是人的对象,就也如此成为人的本质之显示。"①而人和自然在各自向对立面转化的过程中,大自然不断地把它无比丰富的属性内化为主体的知识、观念、才能和力量,实现了自然对人生的映照作用。

中国的传统文化是人与自然和谐统一的"诗意"的文化。在执中守正、天道和人道相合的民族审美心理的影响下,我们追求人与环境、人与人审美的、诗意的合生态的存在。古典诗词是我国古典文学园圃中开放的异常艳丽的奇葩,它之所以韵调优美,瑰丽无比,就是古人出于对人与自然的同体与共、亲合互融的合一关系的深切体会,将自然情化并看作家园纳入其中,使自然成为精神的对象进入人们的审美视野,创造了一种独具个性魅力、情趣盎然的、独抒性灵的、生动明媚的"诗意"。"诗意"又是一个让人梦绕魂牵、自由自在的生活体验,它意味着人类面对社会,面对自然摆脱了本能的物质的羁绊,

---

① 费尔巴哈著:《费尔巴哈哲学著作选集》(下),北京:商务印书馆,1984 年,第 30 页。

精神进入了澄明心境。海德格尔在《荷尔德林和诗的本质》一文中在阐释德国浪漫派诗人荷尔德林的诗句"人充满劳绩,然而人诗意地栖居在大地上"时,也深情地传达了这种人类理想的审美的境界。总之,自然是自由的,可以说人生运行轨迹的每一个点都可与自然找到对应。而文学对自然的关注,实际都在通过自然抒写着人生,张扬人的生命意识。

第二节　自然从媒介到物我交融局面的审美情趣流变

人与自然的和谐美是中国古典诗歌的一个重要内容,一方面我们可以从古代诗人们的审美情趣和价值取向上清晰地窥见他们热爱自然、赞美自然,进而了解自然、认识自然,最后与自然相融为一。另一方面也是中国丰富而又深刻的文化内涵的体现。

《论语·侍坐篇》记叙了孔子师徒畅谈各人的政治志向的情景,其中曾点说道:"莫春者,春服既成,冠者五六人,童子六七人,浴乎沂,风乎舞雩,咏而归。"孔子听后长叹一声道:"吾与点也!"曾点向往的是暮春三月带着几个青少年到温泉边洗洗澡,到舞雩台上吹吹风,然后唱着歌往回走的春游图,这不但是太平盛世的缩影,也生动地描绘了人与自然的和谐美。我们所感受的是天人合一的美好境界。

孟子在阐述其仁政学说时,对人与自然的关系讲得更具体。他在《孟子·梁惠王上》中说:"不违农时,谷不可胜食也;数罟不入洿池,鱼鳖不可胜食也;斧斤以时入山林,材木不可胜用也。谷与鱼鳖不可胜食,材木不可胜用,是使民养生丧死无憾也,养生丧死无憾,王道之始也。五亩之宅,树之以桑,五十者可以衣帛矣;鸡豚狗彘之畜,无失其时,七十者可以衣食肉矣;百亩之田,勿夺其时,数口之家,可以无饥矣。"这里的按自然规律办事实际上说的是人与自然的和谐问题。

"自然"是道家思想的核心内容。老子说(《道德经》第 64 章):"以辅万物之自然而不敢为。""辅"是顺应自然的客观规律,而"为"则是违逆客观规律,将主观意志强加于万物,实际上也是强调顺应自然。老子又言:"道可道,非常道",他把"道"的本质归结为"无",为"自然","道法自然"(《道德经》第 25 章)将"自然"提到至高无上的地位。他的"自然"也就是"无为",但无为并不是无所作为,"道常无为而无不为","天之道,不争而善胜,不言而善应,不召而自来"(《道德经》第 73 章),自然界即是"黯然谐和"(王充语)的,人也应该效法天。老子把这种思想应用于政治,提出了他的治国方略:"我无为而民自化,我好静而民自正,我无事而民自富,我无欲而民自朴。"

庄子之学源于老子又为自然论增添了新的内容。一个是把自然无为理论从治国延伸到修身。《大宗师》中假托子祀这个人物之口说:"得者时也,失者顺也,安时而处顺,哀乐不能入也。"庄子认为人从"杂乎芒芴(恍惚)之间,变而有气,气变而有形,形变而有生,今又变而之死",这就如同春夏秋冬四时循环一样,是自然的(《至乐》)。因此,于人于己,都不必为死亡的降临而痛苦悲伤,既然对待生死作如是观,那么一切得失也都不足挂怀了,这就免去了人生的多少烦恼。"安时而处顺"也成为庄子的处世箴言。另一个是庄子提倡保持自然的天性(包括物性和人性),"牛马四足,是谓天;落(络)马首,穿牛鼻,使谓人。故曰:无以人灭天,无以故灭命。"(《秋水》)他极其反对用络首穿鼻之类的手段去改变物的本性。庄子还对"自然"作为行为的概念加以开掘和充实,庄子并不把自然无为看作"寂然不动"的静止,而是解释为"不得已而动":"动以不得已之谓德,出为无为,则为出于无为矣。……有为也欲当,则缘于不得已。不得已之类,圣人之道。"(《庚桑楚》),所谓"动以不得已",就是服从客观的必然性,而不是凭主观的意志行事,这样的"有为"实质上是"无为",庄子的自然无为是一种无意识的行为,而不是纯粹的大自然或自然界,它是一个高度形而上学化了的概念。

汉代董仲舒认为,人格的天(天志、天意)是依赖自然的天(阴阳、四时、五行)来呈现自己的。他赋予了天以至"仁"的属性("天,仁也。"《春秋繁露·王道通三》),并要求汉武帝依天行事,是要借助于天的权威,以节制人君的绝对权势,来实现仁政理想。他的"天人感应"理论的基本精神虽是在于建构一种以道德伦理为基础而又超道德的人的精神世界,实质可以理解为一种具有神秘色彩的宇宙自然大生命观。但这种理论实际上又包含着深刻的审美意蕴。这一理论的最突出特点是将人类的道德、情感和外在的自然联系了起来,从而将自然人情化了,赋予自然以人类的理性、情感色彩。

这样,我们不难看出,从孔孟、老庄,到董仲舒都涉及到了自然,但自然界从来不是独立的自然之物或纯粹的审美对象。在孔孟,是阐述其仁政之道、政治理想的。在老庄是用来谈理论道的工具,是道的喻体。对于董仲舒来说,"天人合一"是为了说明君权神授、天是世界的主宰。也就是说,从先秦到两汉时期,自然仅仅作为一种工具,而这反映在中国古典诗词中,从《诗经》、楚辞以及赋体中,自然只是作为一种点缀、背景、媒介出现,而没有成为中国古典诗词所要表达的主要内容。

但从另外一点我们应该看到这些人的自然观还是影响到了后世。王建疆先生说:"在老庄那里,自然景物已经成为有无虚实的结合体,是道的集中体现。"可以说,"自然被玄化"了,而"自然被玄化的结果,一是自然失去它的本意,成了道的喻体,成了自然无为的象征和有无虚实的结合体;二是人们不再拘泥于具体的自然景物,而是在有限之外更加关注无限的道和理,从而在面对自然时很容易达到有限与无限的结合"。而从历时态性质看自然的玄化,到了魏晋南北朝则演变为"玄学并与人们热爱自然的倾向相结合"。[①]

魏晋时期,随着社会的动荡,老庄学说的深入发展,玄学之风盛行,而玄学之风带来的直接结果是士大夫、文人们纵情山水。对山水的游览促进了人们对自然美的欣赏走上了自觉,从而也改变了过去人与名山大川之间主要是

[①] 王建疆:《自然的玄化、情化、空灵化与中国诗歌意境的生成》,《学术月刊》,2004年5期。

崇敬和欣赏的关系,缩短了彼此之间的距离。人对自然从恐惧、崇敬转变为爱,而没有这一转变,人们便不可能从自然界感受到美。只有在人们感到自然可亲而不是可怕的时候,人们才会以爱抚的眼光去打量自然的一切,才会发现其中蕴涵丰富的美,诗人、画家才有以自然美为素材的作品创造出来。古典哲学中的天人关系于是获得了事实上的新意,人作为自然界的一分子重新投入自然的怀抱,对大自然尽情倾吐自己的情感并从大自然中得到抚慰。这些看起来很复杂,其实很简单,也就是人与自然是一体,人不仅可以移情于自然,而且还可以从自然中看到"情",人被自然化的同时,自然也被人情化了。

而复杂的社会条件、复杂的社会观念,导致了人们对自然美认识上的多种多样。首先促使人们借用自然景物品评人物,例如以地势平坦、水淡而品评人物的廉与贞;以山的崔嵬和水的波澜壮阔看到人物的高大、魁伟等。这类例子在《世说新语》中非常普遍,如《世说新语·容止》中写道:嵇康身长七尺八寸,风姿特秀,见者叹曰:"潇潇肃肃,爽朗清举。"或曰:"潇潇如松下风,高而徐引。"山公云:"嵇叔夜之为人也,岩岩如孤松之独立,其醉也,傀俄若玉山之将崩!"海西时,诸公每朝,朝堂犹暗,唯会稽王来,轩轩若朝霞举。而人物的品评,就要借助于联想和想象使人和物扯上关系,把本来不同的事物由于某种特质相仿归入一类,想象为人的情感与物的交融拓宽了天地,使情景交融的审美成为现实。其次,以山水游览为动力,促进了中国山水诗的兴起和发展,引起人们对大自然投入更大的关注和多角度的探索。由此产生了谢灵运、谢朓等的写景名句和王羲之的《兰亭序》、鲍照的《登大雷岸寄妹书》等一大批写景文学。但是,这时的诗中之景多半带有偶然性和片断性,所写之景也只是众多景物中被选取出来的最典型的,就某个片断来说,在揭示美的内涵时也许是深刻的,然而常常带有时间、空间和情感体验的局限性。当然,我们不否认诗人们受当时哲学思想的影响,在自然审美中渗透着玄远幽深的哲学意味,例如陶渊明的"采菊东篱下,悠然见南山",历来被评为淡而有味;"结庐在人境,而无车马喧。问君何能尔? 心远地自偏",其中饱含道、佛哲理。嵇康的"目送归鸿,手挥五弦。俯仰自得,游心太玄"给人无限的超越感。但总体而言,魏晋南北朝对自然的热爱只是六朝人格修养的一大特征,魏晋南北朝的写景诗虽然不再把自然只是作为一种点缀、背景、媒介,但这时写景的诗也仅仅把自然作为亲和的对象和赞美的对象,吟咏人与自然的和谐。也就是说从《诗经》、楚辞到魏晋南北朝这种对自然的抒写,虽然自然被情化了,但仅仅停留在一种将自然作为辅助的手段,将自然玄理化的阶段,并没有真正的更深层次的人情化自然。当然,这些诗对自然美或多或少的挖掘,也奠定了后来自然被深入的情化。

隋唐时期,中国结束了三百多年的分裂局面,中国步入了一个全新的历史阶段。唐励精图治,在一百余年的时间里,物阜民丰,文化上空前繁荣。特别是唐承隋制,以诗赋取士,这样诗不仅成为进入仕途的重要工具,也成为了社会交往的重要手段。诗作为重要的文学形式之一,被广泛地应用来抒情、写景,唐人的审美情趣几乎被诗包容了。这样,与前代的诗相比较,唐诗拓宽了对自然风景的欣赏天地。首先是塞外风光见于诗章。唐以前的山水诗主要是描绘江南景色。随着唐疆域的扩大,人们的审美视野转向了塞外风光,"大漠孤烟直,长河落日圆"(王维),"北风卷地百草折,胡天八月即飞雪。忽如一夜春风来,千树万树梨花开"(岑参),这些诗都传达出了塞外风光景色自有其美的地方。其次,大量咏古迹的诗出现,或从国事着眼以古为训,或从个人身世出发倾吐不平。咏古之作,大多都色彩暗淡、声调低沉,诗人的情感与具体的人事、景色紧密相连,有很大的艺术感染力。

在唐诗拓宽社会的自然审美视野的同时,诗人们开始把主观情感广泛地与自然景物相联系,借助自然万物倾吐人生的欢乐和忧愁,使自然界的万物染上人的主观色彩。可以说由于唐诗,人的感情与自然景物产生了直接联系。唐诗打开了人们自然审美的思想境界,使人们从直观的感受自然景物的形象美而发展到从自然景物的形体、习性以之抒发情感,这对审美主体而言,要求对外物的观察更加深入细致,并且通过联想和想象,才能做到以意称物。这样为了感情的抒发，审美对象的范围被扩大了。孤鸿、双燕、高山、流水、飞雪、落花、青草、杨柳等自然物象入诗，并且都具有深邃的思想内涵和意蕴，且和人类情感相联系，而并不怎么美的自然景物也被采纳入诗中，例如菟丝是一种寄生植物，缠绕在其他植物上生长，本身谈不上美丽多姿，古人们从它附着在别的植物上生长比喻古时妻子对丈夫的依附关系。杜甫在他《新婚别》中写到"菟丝附蓬麻，引蔓故不长；嫁女与征夫，不如弃路旁"。从新婚不久的丈夫便被征召入伍的生离死别的悲剧气氛中，很自然地联系到菟丝附着在矮小、生命短促的蓬麻上，二者有着相似的结局，诗人以万分的同情借物咏人。而通过诗歌中的借物抒情，诗中所赋的物，包括自然景物，被逐步的人格化了、人情化了。

而随着诗学的发展，情景联系越来越普遍，也越来越紧密。有许多诗句分不清是情还是景，做到了情景交融、亲密无间。例如张继的《枫桥夜泊》"月落乌啼霜满天，江枫渔火对愁眠。姑苏城外寒山寺，夜半钟声到客船。"短短四句诗，描摹出一幅美丽的"枫桥夜泊"图。细腻准确地把握住了由眼前的秋景所触发的羁旅乡愁的思绪情怀。秋霜满天，残月欲落，钟声敲心，渔火闪亮。远近结合，冷暖搭配，便引起那最微妙的愁思。白居易的《忆江南》"日出江花红胜火，春来江水绿如蓝"二句勾勒出了一幅美丽的画面：红日初升，喷薄欲出，花霞辉映，艳胜火光，水天相接，碧蓝如草。无论是刻意地勾勒，还是随性地渲染，春天的气息伴随着新生的希望扑面而来。诗之妙境，无限美好，诗之意趣，回味无穷，渗透着诗人热爱江南春光的深挚感情以及无限的怀念之情。

这样，我们把唐代的诗歌与前代的诗歌进行深入细致的研究对比，先秦时期的儒家，重伦理道德，在和自然接触中，时时以道德、政治理想审视周围的自然景物，是一种比德的自然审美观。道家完全采取了自然主义的态度对待自然，利用自然谈道论理，主张人回到自然中去。魏晋时期，由于政治的黑暗，文人、士大夫们寄情山水，是为了换取精神上的解脱。而真正把生命和乐趣托付于自然、对大自然投入巨大的注意力，把思想感情更多地倾注在大自然身上则是唐代的文人、士大夫。唐代的诗歌,特别是唐代的山水诗画的蓬勃发展,促使人们对待自然风景已经摆脱了纯自然状态,对山水风景的美,从理性上做了许多概括,从而把自然美与诗情画意联系起来。可以说,唐代诗歌已经脱离了魏晋南北朝时期的放眼形体审美的状态,逐步转向以情感与自然风景的融和,或者称作情感外化的意境美。也就是说,唐代诗歌不仅仅表现人对自然的亲近、热爱、歌颂和借山川万物抒发难以名状的喜怒哀乐之情,而是更深一步的将自然情化,出现了物我合一、物我交融的局面。宗白华曾说:"中国人由农业进于文化,对于大自然是'不隔'的,是父子亲和的关系,没有奴役自然的态度。中国人对他的用具(石器铜器),不只是用来控制自然,以图生存,他更希望能在每件用品里面,表现出对自然的敬爱,把大自然里启示着的和谐,秩序,它内部的音乐,诗,表现在具体的器皿中,一个鼎要能表象天地人。"①因此说,在唐诗中所体现的人与自然的关系是一种富有诗意的异质同构的关系,在人与自然的审美活动中创构意象,或诗歌中的情景交融实际上体现着物我同一,也是一种天人合一思想的表现。

在审美活动中,"天人合一"是主体对自然的能动顺应,是从对天地自然的积极适应和相融协调中伸张自我来实现心灵的自由。而以这种诗意的、自由的情怀去体悟自然,对自然本身来说,自然的生命在审美活动中是次要的,自然只是一种愉情悦性的对象。而对人来说,人们可以从自然中获得身心的愉悦,借助自然对人生进行反思,对灵魂进行升华,并且在审美体验中,个体投身到自然中与天地浑然为一。实现个体生命与宇宙生命的融合。那么,中国古典诗词之所以光芒四射,我想主要是在中国古典诗词的内容中表现了被情化的自然,而从整个中国古典诗词的发展来看,又恰好表现了一种自然被情化的逐渐深入的过程。从审美层次上看,中国古典诗词又恰好反映了:"即人既不是自然的主宰,也不是自然的奴隶,而是人即自然,自然即人"。②

---

①宗白华:《艺术与中国社会》,《宗白华全集》(第二卷),合肥:安徽教育出版社,1995年。
②朱志荣:《中国美学的"天人合一"观》,《西北师范大学学报》,2005年2期。

第三节　自然逐渐的情化与诗词意境品位的提高深化

我国是一个诗的国度,诗歌传统源远流长。诗歌一直都受到人们的普遍喜爱,而中国古典诗词浩如烟海,博大精深。可以肯定地说,鉴赏品味中国古典诗词,也不是一件简单的事。因为中国古典诗词,就其内容的丰富、语言的精炼和表达技巧的高超,乃至篇章结构的独特、风格的迥异和社会意义的深远,都是其他文学样式无可与之相匹敌的。那么,如何撷取这一中国传统文化百花园中的奇葩呢?有人认为从中国古典诗词中的意境来把握古典诗词的内涵,因为意境是诗人内在情感与自然界景物的有机结合,诗作中创造的鲜明、生动、含义深刻的生活画面,蕴含着丰富的内容,寄托着强烈的感情,只要读者展开想象的翅膀,就可看到境中之物,还可领会景外之意。诚然诗之所以为诗,词之所以为词,靠的是情、意、味。诗词创作者或托物言志,或借景抒情,使自己的内心情感与唤起此种情感的景象交汇融合,就能产生心物交融、情景相生的意境。那么,如何来判断诗词意境的品位高低呢?不可否认的是诗词意境品位的高低与诗词中人与自然的关系有着直接的对应。意境的品位是与自然的情化相一致的。自然被逐渐深入情化的过程,恰好是诗词意境品位深化、提高的过程。

刘勰在《诠赋》篇里提出"情以物兴""物以情观"论和《隐秀》篇中的"心随物宛转"和"物与心徘徊"论,指出了意境的基本构成要素及其相互关系。其认为意境理论包含着两个方面的内容:一是意境作为艺术形象的基本构成要素及其关系。二是意境作为一种特殊的艺术形象之美学特征。前者是针对意境作为艺术形象的普遍性而言的,后者则是针对意境作为艺术形象的特殊性而言。从前者来说,意境是由意和境结合而产生的,是情和景的融合,心和物的结合,也就是说,正是创作主体和创作客体的统一。不过,意境不是一般的情和景的结合，也不是一般的心和物的结合，而是一种特殊的情和景的结合，心和物的统一。它的基础建立在对创作情和景、心和物辩证关系认识之上。或者说，从情和景、心和物到意和境有一个历史发展过程。刘勰的《隐秀》是对意境特征的最早理论概括。隐和秀是针对艺术形象中的情和景，意和象而言的，它包含有两层意思：一是情隐于秀丽的景中，意蕴于幽美的象中，这是指一般的艺术形象的特点。二是秀指的是对艺术形象生动卓绝的描绘，隐不是一般艺术形象的情隐于景中之意，而是指"情在词外"，"有文外之重旨"，也就是说词外有情，文外有旨，言外有意，这种情旨意指受这具体实写部分的暗示、象征的启发，而存在于作者和读者想象中的情旨意。刘勰认为旨和意更为重要，更具有深刻的美学内涵。刘勰虽然没有明确提出意境的概念，但是他的"隐秀"说，实际上已经对意境理论的美学特征作了重要的理论概括，并在唐和宋时期意境理论的形成和发展过程中产生了极为深刻的影响。

王昌龄首提"意境"，其《诗格》说：诗有三境。一曰物境：欲为山水诗，则张泉石云峰之境，极丽绝秀者，神之于心，处身于境，视境于心，莹然掌中，然后用思，了然境象，故得形似。二曰情境：娱乐愁怨，皆张于意而处于身，然后驰思，深得其情。三曰意境：亦张之于意而思之于心，则得其真矣。王昌龄"三境"说之"意境"概念的内涵已经构成了我们现在意境说之"意境"的基本内涵。准确全面理解王昌龄之"三境"说，对于我们把握中国古典诗词的内涵至关重要。

童庆炳认为，王昌龄这段话是从诗歌的创作的角度，分析了意境创作的三个层次。认为要写好"物境"，必须心身入境，对泉石云峰那种"极丽绝秀"的神韵有了透彻的了解之后，才能逼真地表现出来；描写"情境"需要作者设身处地体验人生的娱乐愁怨，有了这种情怀，才能驰骋想象，把握情感，深刻地把它表现出来；对于"意境"，作家必须发自内心肺腑，得自心源，这样的意境才能真切感人。[1]

---

[1] 童庆炳著：《文学理论教程》，高等教育出版社，1998年，第193页。

叶朗认为，王昌龄《诗格》中把境分为"物境""情境""意境"三类，"实际上是对于诗歌所描绘对象的分类"，"'物境'是指自然山水的境界，'情境'是指人身经历的境界，'意境'是指内心意识的境界"。叶朗认为，王昌龄《诗格》中说的"意境"和我们现在说的"意境"并不是一个概念。王昌龄《诗格》中的"意境"，是'境'的一种，对于艺术创造的主体来说，它和其他两种'境'一样都属于审美客体"。而意境说的"意境"则是一种特定的审美意象，是"意"（艺术家的情意）与"境"（包括王昌龄说的"物境""情境""意境"）的契合。①叶朗的这个论断已成为当代意境研究中一种比较流行的观点。

宗白华指出："因为艺术意境不是一个单层的平面的自然的再现，而是一个境界层深创构，从直观感相的模写，活跃生命的传达，到最高灵境的启示，可以有三层次。"②

这里谈到的各种看法都有道理，但似乎都有偏颇之处。仔细体味，王昌龄《诗格》中的这三境有着非常明确的规定："物境"的特征是"得形似"，"情境"的特征是"得其情"，"意境"的特征是"得其真"。显然，"物境"并非指纯客观的景物。客观景物需要被"神之于心"而达到"莹然掌中"的程度，"然后用思"，才可"了然境象"而"得形似"。故所谓"物境"是指诗歌中的意象"状溢目前"的一种境界。"物境"中自然有"情"。而"情境"是在"物境"基础上更高一层的境界，从"皆张于意而处于身，然后驰思，深得其情"可以看到"情境"中的"娱乐愁怨"情感是多种多样的。需要作者同时体味迸发出的多种复杂的情感。而作者对这种情感体味并非是定量的、静态的。是景生情，景含情，情境互激互发的一个生生不息的运动过程，而且这个过程不但激烈而且还有广度和深度。可见"情境"之"情"与"物境"之"情"又有不同。"物境"中"得形似"自然也能得"情"，但"情境"中的"情"却是一往情深，深入事物的核心，体味生活的本质。

---

① 叶朗著：《中国美学史大纲》，上海：上海人民出版社，1985年，第267页。
② 《宗白华全集：第二卷》，合肥：安徽教育出版社，1994年，第362页。

"情境"高于"物境"的地方就在于使丰富、复杂、细致、幽微的情感得到充分完美的展现。"意境"中"亦张之于意而思之于心",显然这句是针对"情境"而言的。也就是说,诗艺要达到"意之境",首先需要经历跟"情境"相似的一个深层的情景交融过程。也就是说,"情境"与"意境"在经历一个相似的过程之后,产生了两种不同的效果:一"得其情",二"得其真"。"得其情"就是人对大自然的关注使山川万物染上人的主观色彩,借山川万物抒发难以名状的喜乐哀怒之情。"得其真"就是将大自然对象化。本无丑美的大自然在移情的作用下,出现物我合一、物我交融的局面。

因此,在今天可以把王昌龄《诗格》中的"物境""情境""意境"三类看为意境说的一种对意境的档次的分类。"意境"可以理解为意境说得最高境界,"情境"次之,"物境"则属于意境说中的下乘意境。当我们对诗歌的意境说作以档次的划分时,可以看到,"三境"都表现的是人与自然的和谐关系。

"物境"是对自然的歌颂和赞美,但这时自然是一种工具,一种媒介的手段,人与自然的关系主要是功利关系,人们对自然的审美还停留在实用的审美阶段。比如《诗经》中,比兴中的自然景物,只是媒介,目的是"先言他物以引起所咏之辞也。"很明显是以说明"辞"为重点,并非为了表现自然景物的美。后来发展到魏晋时期开始有了变化,但主流也在逼真地表现泉石云峰的极丽绝秀,以景为主。如谢灵运的《拓壁精舍还湖中脚》:

> 昏旦变气候,山水含清晖。
> 清晖能娱人,游子憺忘归。
> 出谷日尚早,入舟阳已微。
> 林壑敛暝色,云霞收夕霏。
> 芰荷叠映蔚,蒲稗相因依。
> 披拂趋南径,愉悦偃东扉。
> 虑淡物自轻,意惬理无违。
> 寄言摄生客,试用此道推。

在这首诗里，诗人客观地对山水景物的声、光、色作了具体的甚至是穷形尽相的描绘，并表达出某些景物的情思与韵味，显得细致精工、明丽清新，给人以耳目一新的感受。诗的最后几句虽在谈玄理，但不难看出，玄理在诗中显然已不是主体部分，它仅仅是附加在山水描写之后的一个尾巴而已。

"情境"是一种中层次意境。这种意境是诗人根据自己的人生经历，给山川自然景物赋予自己的思想，通过山川自然景物来表明自己的喜怒哀乐。这时的自然景物已不再是一种点缀，自然景物已经从幕后走到了台前，自然成为人类实践的对象，人类借助自然摆脱社会和思想的负累，以求心灵的超越、宁静。比如魏晋时期的陶渊明"户庭无尘杂，虚室有余闲。久在樊笼里，复得返自然。""山气日夕佳、飞鸟相与还。此中有真意，欲辩已忘言。"这些诗句都集中表现了陶渊明对万事万物一任自然的理想境界的追求，具有对田园水山自然景物的无比亲近之情，景色的描绘之中有了深厚的感情和生动的形象，充满了田园情趣，有着浓厚的生活气息，表现了彻底的人对自然的亲和。

"意境"是意境说的最高境界。"意境"不仅仅是指描绘自然景物，表现喜怒哀乐，传达真实的感情，而是诗人更深一步的将自然情化，在创造出来的种种艺术意境中，含有言外之意、弦外之音、景外之景、象外之象，出现了物我合一、物我交融的局面，使读者可以从有限感知到无限，得到一种韵味无穷的艺术享受。比如杜牧的《江南春》：

千里莺啼绿映红，水村山郭酒旗风。

南朝四百八十寺，多少楼台烟雨中。

诗的首联展现在我们面前的是一幅江南春景图：绿叶映着红花，黄莺儿在绿荫花丛中歌唱；碧水绕着村庄，城郭依傍着山势，酒帘儿迎着春风，构成了画面的立体的美，和谐的美，错落有致的美。诗的下联在错落的山水亭台之上蒙上了一层轻纱：金碧辉煌，屋宇重重的佛寺，本来就给人一种深邃的感觉，现在诗人又让它没于迷蒙细雨之中，这就更增加了一种朦胧迷离的色彩。就意境上来说，给人一种朦胧的美感；就情韵上来说，我们透过这一层轻纱,仿佛看到了诗人在刹那间升起的一抹淡淡的哀愁,触摸到了诗人一颗不平静的心——忧国之心。南朝各代帝王大兴佛寺,也保不住他们企望永享荣华、长生不老的美梦,诗人对南朝的凭吊,也是对大唐王朝的担忧。

当我们对意境作这样的认识理解之后,可以看到,"物境"到"意境',是艺术境地逐步升高的三个层次,后者总是以前者为基础,后者包含前者。"情境"只能是我们现在所谓的意象与意境之间的一种过渡状态,还不能算是"意境"。意境属于一个较高的艺术境地,并非一般的艺术作品可及,而某些直抒胸臆或以议论为诗的作品,即或能够传达某种生命力、表达某种宇宙感,但由于缺失了"物境"这个层次,也构不成意境。这说明意境的审美超越并非从感性具体世界超越到抽象概念世界,而是从具体到具体,从象到象外象。所以意境的三个层次与中国古典诗词中对自然景物的深入描写过程是一致的,这个过程恰好是自然被逐渐情化的过程,也就是人不断的与自然亲近、融合到合而为一的过程。而人与自然的这种不断融合的过程,也恰好是意境不断生成、流变和提升的过程。这一点在中国古典诗词中特别是宋词的表现也是十分明显的。

第四节　传统诗体的另辟新境与情景关系的崭新时代

从文学自身演进规律和具体的时代文化来看,传统的诗歌历千馀年发展至盛唐,已经臻达极致。如想再创辉煌,中唐文士只有另辟新境、崇变尚异,才有可能继续推动诗歌不断向前发展。而由传统诗体衍化出来的、依适时、实用,为正在广泛流行的燕乐所滋生的新兴文学样式的词,遂吸引了才子文士们去一试才华,展露文采。但中唐文士毕竟是藉诗人之馀事为词的,不仅所作数量甚少(最多的二三十首,少者只一首),明显缺乏词的独立本体意识,当时词者凭"诗客"的惯势艺术思维、美学理想去制作新兴的"曲子",由之使词作涂染上浓厚的诗化色彩。这表现在中唐文士仍旧循诗歌抒怀言志的理论而为词,依旧以"娱己"为目的,就自我人生际遇、种种现实社会自然感受而发之。如张志和的《渔歌子》(渔夫):

  西塞山前白鹭飞,桃花流水鳜鱼肥。
  青箬笠,绿蓑衣,斜风细雨不须归。

  此词声情舒缓平和,色彩鲜明亮丽。在水泛桃花,鳜鱼肥美之际,斜风细雨中一蓑笠老翁泛舟垂钓,鲜妍的桃花,轻翔的白鹭,肥美的鳜鱼,斜风细雨,还有优游自在的渔父,构成了一幅动人的江南水乡垂钓图。但品味之后此词仍表现的是身在尘寰,心于象外的超然心境。是一种投身自然,寄情烟波,远离社会政治,不为功利得失而苦心劳神,精神上自由的生活。是意与象,心与物契合的产物,是作者脱落世故,超然物外的审美主体本色精神的体现。刘禹锡《潇湘神》(湘水流、斑竹枝),又如白居易关于游宦苏、杭的忆旧词《忆江南》(江南好)等三首,而另一些边塞词,如戴叔伦《调笑令》(边草)、韦应物《调笑令》(胡马)等,后戴叔伦、韦应物、王建三人,或写边塞情景(如"边草""胡马"二首),或抒商妇离愁(如"杨柳"一首),或写宫怨(如"团扇"一首)。赋予新兴词体以自我抒怀寄兴的创作取向。目前能见到的早期文人词,一般认为是李白的《菩萨蛮》和《忆秦娥》。总体上看,今天我们看这些新兴的词体的内容,还是继承了诗的传统,大都表现的是自然景物,且是有一定意境的。

  经过一二百年的孕育发展,可以说晚唐五代词体进入到一个崭新的时代。温词的出现,标志着词体从传统的五七言诗歌中分离独立出来,宣告词体的定型与成熟。唐圭璋先生《温韦词之比较》早已指出:"离诗而有意为词,冠冕后代者,要当首数飞卿也。"(《词学论丛》,上海古籍出版社,1986年,第896页)此时词体的特质主要表现在体制句式的长短化、语言风格的香艳化和节奏的错综化、审美趣味的女性化、境界的精美化与小巧化、表现功能的抒情化与单一化、抒情方式的模式化。(王兆鹏《从诗词的离合看唐宋词的演进》)当词发展到宋代成为一种时代文学时,到宋仁宗时,晏殊、张先、欧阳修、晏几道

等人的词作虽受晚唐五代的影响,但增强了清丽闲雅之趣。例如晏殊《浣溪沙》:

一曲新词酒一杯,去年天气旧亭台。夕阳西下几时回?

无可奈何花落去,似曾相识燕归来。小园香径独徘徊。

全词语言圆转流利,通俗晓畅,清丽自然,意蕴深沉,启人神智,耐人寻味。词中对宇宙人生的深思,给人以哲理性的启迪和美的艺术享受。但宋初词在表现功能上还有诗歌的一些特征。例如抒情的自我化。如欧阳修的《朝中措·平山栏槛倚晴空》,表现他"文章太守,挥毫万字,一饮千钟"的豪迈洒脱;柳永写他人生的落泊失意与四处宦游求助的酸楚;都是表现词人自我情怀和精神气度。写景的纪实化。范仲淹《渔家傲》词塞外风景,蔡挺《喜迁莺》写"汗马嘶风""烽火一把"的"紫塞古垒",都写真山真水真景物,具有纪实性。这些说明诗歌既是抒情言志的工具,也是社交往来的重要媒介。

自苏轼为代表的元祐词人群登上词坛后,跟五代宋初词相比,苏轼词的语言风格、审美趣味、艺术境界、表现功能和抒情方式都有新的变化,即由"歌化"词向着"诗化"词转变。胡适《词选·序》谓东坡以前是"歌者之词",东坡到稼轩是"诗人之词"。诗人之词,"是不管能歌不能歌,也不管协律不协律","只是用一种新的诗体来作他的'新体诗'"①。元好问即说东坡词"清壮顿挫",是以自然为工,所谓"非有意于文字之为工,不得不然之为工也"。②东坡词的语言风格是清丽自然,刚柔相济。张炎谓其词"皆清丽舒徐,高出人表";③周济说东坡词"韶秀"。④这些变化当源于苏轼"无所住而不乐"的达观思想。而在东坡的思想中,有浓厚的老庄成分,而东坡的超脱"得气"于老庄,一阕《定风波》便能印证东坡的超然物外矣。"莫听穿林打叶声,何妨吟啸且徐行。竹杖芒鞋轻

---

① 胡适著:《胡适选唐宋词三百首》,东方出版社,1995年,第3-5页。
② 元好问:《东坡乐府引》,《遗山先生文集》卷三十六,四部丛刊本。
③ 张炎:《词源》卷下,《词话丛编本》,第267页。
④ 周济:《介存斋论词杂著》,《词话丛编本》,第1633页。

胜马，谁怕？一蓑烟雨任平生。料峭春风吹酒醒，微冷。山头斜照却相迎。回首向来萧瑟处，归去，也无风雨也无晴。""乌台诗案"后，苏轼开始真正潜心思索生命的真谛，他花了相当大的心神来作内在的关照反省，努力研究心灵澄静平安的途径。他的反省使他渐渐回归于清纯和空灵，在这一过程中，佛教帮了他大忙，是他习惯于淡泊和静定，心和形更是尽量与大自然融合。黄州四年，艰苦的物质生活，又使他体味着自然和生命原始意味。黄州的景色其实并不出色，但东坡有意把它想象成、感受成无比的风华。而东坡所处的宋代是儒释道三教合一并成为思想界的一般潮流，苏轼对此当然也不能例外。随着他在生活道路上的起落变化，他思想中的儒释道三种思想经常相互渗透，不断地发生消长变化。儒家入世，佛家超世，道家避世。三者本来是矛盾的，东坡确将儒家博施济众，成己成物的仁心，道家"万物与我为一"的宽容，佛家普渡众生的情志，以"外儒内道"的形式统一起来，吸取其观察事物的方法，用以保持达观的处世态度，保持对人生和美好事务的执着追求。随着渐近年老，对佛老习染更深，因而表现为胸中已经没有什么疙瘩和牵挂了，一切顺其自然的精神境界，虽处逆境而仍旧热爱生活，并且从日常生活中发掘它的情趣和诗章。如《减字木兰花》"春牛春杖，无限风光来海上。便与春工，染得桃花似肉红。春幡春胜，一阵春风吹酒醒，不似天涯，卷起杨花似雪花。"由于生活和人生的变化，他在艺术上崇尚"平淡自然"。——"野桃含笑竹篱短，溪柳自摇沙水情。西庵人家应最乐，煮葵烧笋响春耕。"(《新城道中二首(其一)》)过去曾推重杜甫为古今诗人之首，转而推崇陶渊明压倒了一切诗人。"然读东坡之居儋录诗，皆冲淡拟陶，虽不似陶，鄙见以陶潜之颓放疏懒，与东坡易地以居，则东坡不死而陶潜必死。盖陶潜虽有夷旷之思，而诗中多恋生恶死之意；东坡气壮，能忍病而吃苦，所以置之烟瘴之地而犹雍容。"(林纾选评《古文词类纂》卷九)。此时词的语言由香艳变为清刚，语言出现回归自然的倾向，开始脱离温词香艳的语言风格而与诗歌语言的自然清新相贴近。艺术境界由小巧变为高远。艺术境界不仅从狭小的人造建筑空间延伸到广漠的大自然，更拓展向历史的时空,总体显得高远阔大。刘辰翁说"词至东坡,倾荡磊落,如诗如文,如天地奇观。"①这"天地奇观"可从境界上见出。"乱石穿空,惊涛声拍岸,卷起千堆雪"(《念奴娇》),不仅空间境界辽阔广远,而且富于奔动流走的气势又饱含着对历史的反思。从词史来看,是苏轼影响了词的变化,但从更深层次的去探讨词变化原因,我们不难发现,词的这种变化是苏轼心神作内在的关照反省,心灵渐渐回归于清纯和空灵的结果,也是苏轼思想中的儒释道三种思想经常相互渗透,不断地发生消长变化的结果。

王安石的《桂枝香·金陵怀古》写"千里澄江似练,翠峰如簇",同样写出天地奇观,而其咏史,从六朝繁华的销歇中总结历史教训,既有现实感,又有深沉的历史感。苏轼和王安石这类怀古之作,与怀古咏史诗在表现功能和艺术境界上已无实质性的差别。东坡词不仅是像"天地奇观"千变万化,更直接用纪实性的如椽大笔描绘天地奇观。词的境界至此已不再局限在女性封闭狭小的生活场景之内,而是延伸到男性士大夫开放性的无所局碍的远大空间。而词体干预和表现社会现实的功能直到南渡后才得到释放与显示。

而从词的题材上讲,更是明显地表现出从社会题材走向自然题材。五代时期,艳情和闺情题材作品数量以绝对的优势占据第一和第二。主要因西蜀、南唐,偏居一隅,保持了相对安乐稳定的物质生活和发达的城市经济;再加上君臣雅好文艺,耽情声色,歌筵酬酢之风特盛,这样便以抒写闺怨绮思男女恋情为主要内容,以音韵律调的谐和美听为表现规范,词呈现出香艳旖旎的审美趣味和精丽的艺术风貌。北宋前期(960—1041)与五代一脉相承,根据许伯卿的统计,②在969首词中,艳情和闺情题材的词各有280首和175首,咏物和写景题材的词各有89首和84首,各占9.18%和8.67%,处在第三位和第四位。

北宋中期(1041—1085),题材出现了变化。艳情、闺情题材虽仍处于一、

---

① 刘辰翁:《辛稼轩词序》,见《刘辰翁集》卷六,南昌:江西人民出版社,1987年,第177页。
② 许伯卿:《不同历史时期宋词题材构成比较统计》,《南阳师范学院学报》(社会科学版)2005年7月第7期。此处统计数据均来自此。

二地位,但与写景、咏物、交游等题材的差距已大大缩小,已不具有绝对优势,题材类型比北宋前期大大丰富,题材的构成由两极向多极发展。根据统计,在2226首词中,艳情和闺情题材的词各占536首和271首,写景和咏物题材的词各有226首和222首,各占10.15%和9.97%,处在第三位和第四位。这说明从北宋中期开始,词的题材构成正在发生某种嬗变。

北宋后期(1086—1124),在1244首词中,写景题材的词有180首,处在第一位;咏物题材的词有173首,处在第三位。这时写景题材的词取代艳情词成为第一。

政权南渡期(1125—1164),有词3044首,咏物题材的词有511首,占16.79%,处在第一位;写景题材的词有198首,占6.5%,处在第八位。南渡时期最明显的变化是咏物词和祝颂词地位的提升,以及闺情词的回升。前两者昭示了一种新的社会风气和新的审美风尚正在形成;后者则说明时代巨变中,一些人总会产生颓废和无聊的情绪,而从词史上考察,这两次回升都主要是婉约词家的作用。

南宋中期(1165—1206),有词6913首,咏物题材的词有986首,占14.26%,处在第二位;写景题材的词有1645首,占9.33%,处在第五位。咏物题材的流行,正是动荡不安的庸碌无为的社会环境中,无所凭依的心灵最本能的反应。把握不了国势、时代甚至个人命运的人们,最容易在具体、琐碎但美丽、精致、稀奇的事物上消磨时光、转移痛苦、寄托理想,而理学"格物致知"的精神无疑为咏物词的繁荣提供了坚实的社会文化基础或思维

偷安颓靡期或南宋后期(1207—1276),有词2346首,咏物题材的词有359首,占15.3%;写景题材的词有288首,占12.28%。处在第二位和第三位。

覆亡巨变期或宋元易代期(1276—1310),有词2410首,咏物题材的词有336首,占13.94%;写景题材的词有276首,占11.45%。处在第二位和第三位。

宋初的词,反映生活面仍很窄,内容多为花前月下、男欢女爱、离情别绪之类。但风格已逐渐从晚唐花间词的浓艳转变为柔婉含蓄了,而且晏殊、欧阳

修等人的少数词章,已开拓了新的题材,内容、情感、风格都显露出春天即将来临的信号。到柳永,发展了慢词,大量描写都市生活,反映市民情趣,手法又长于铺叙,于是题材、内容、形式、风格都发生了富于活力的变化。一代文宗苏轼把宋词推向了新的高度,他的贡献突出地表现为三点:其一是扩大了词境,"无意不可入,无事不可言";其二是改变了词风,他不独一扫晚唐五代的浮艳风气,还竭力与风靡一时的柳词对抗,其词刚柔相济,显示出旷达、豪放、雄健、柔婉、缠绵多种风格;第三,他从词学观念提高了词品,使词同诗一样焕发出神圣正统的光辉。其后,张先、贺铸、秦观等人风格各有特点。北宋末,周邦彦兀立于词坛,上承前代诸家,下开南宋风气,博采众长,浑然一家。南北之交,女词人李清照以其才情学识、身世际遇和女性特有的气质,给传统的词风充实了新的内容,并提出词:"别是一家"的观点。南宋初年,政治形势的风云变幻给词坛带来了新的气象。辛弃疾以炽烈的爱国热情和高昂的战斗精神写词,使词的艺术容量有了更大扩张,慷慨激越的情感如一泻千里的江河从他许多词作中迸发出来;而他坎坷的身世经历,又使更多的词显出一种沉郁悲壮的格调。他的农村词、咏物词、送别词、唱和词、祝贺词则表现出清新、柔婉、悲凉、雄浑、壮阔、豪放等风格。与辛弃疾同时的姜夔则以清空骚雅另立门户,为宋词带来了新的意境和格调。他凭着天赋音乐才能,作词多自度曲,音节谐婉柔美,并且大多数词都配以文笔优美的小序,一散一韵,情意相生。南宋后期,吴文英词又以格律之精美,修词之工细见长。刘辰翁、王沂孙、张炎等人的词却如天际流云,以清幽流畅而成格。然而,兴亡盛衰之感,使人颇觉凄凉。宋词从此随着南宋的灭亡而走向衰落。

  唐代的诗歌情景交融度达到几乎极致的状况给了紧随其后的宋朝以极大的压力。宋代诗人主要采取了以下几种另辟的蹊径:一是打破景与情组合的传统,淡化诗的感情色彩,侧重于景与理的组合。一般而言,唐人所描写的景物大多数是诗人主要情绪(即情)投射的结果,而宋人所描写的景物则常常是诗人主体人格或理性精神作用的结果。唐诗突出的是情景合一,宋诗突出的是景性合一或景理合一。如此一来,就使诗歌创作脱离了唐诗的写景抒情模式,从而造成了一种异于唐诗的陌生化的效果,使景物本身的特点被表现得更为充分。明代文学家陈子龙说:"宋人不知诗而强作诗,其为诗也,言理而不言情,终宋之世无诗。而宋人亦不免于有情也,故凡其欢愉愁怨之际,动于中而不能抑者,类发于诗余。故其所造独工,非后世所及。"[1]陈子龙批评宋人不知诗,是说宋人不能像汉末魏晋以及唐人的作品那样,做到借景抒情、情景交融。而其对宋词大加赞赏,着眼点却恰恰在于宋词能够做到借景抒情,情景交融,让不少文人通过种种美好景(物)象且注入了人的喜怒哀乐来表现人类共同的情感,最后达到物我交融、物我合一,并易于引起如同对优秀唐诗般的共鸣。所以,我们可以看到宋词从产生到发展是继承了唐诗意境的。

---

[1] 陈子龙:《王介人诗余序》,《陈子龙文集》,上海:华东师范大学出版社,1988年。

第四章　唐宋词中情景关系的表现模式

情景交融的表现手法，并非是古典诗歌与生俱来的先天秉性，而是在诗歌发展到某一阶段才出现而逐渐成熟的。从《诗经》到楚辞，从古体诗到近体诗，在漫长的诗歌发展史中，词的出现是比较晚的，它是中国古典诗歌发展到一定阶段才出现的一种配乐能歌的新体抒情诗，它在美学原则上，表现手法上，都与近体诗有相承、相互发展的内在因素。词中的"情景交融"与诗中的"情景交融"一脉相承，并有所发展和丰富。情景描写已成为词的主要材料、主要表现手法，积累了丰富的经验，有景语，有情语，有景中情，情中景，二者水乳交融。我们要想更好地了解宋词中"情景交融"原则，有必要作一番历史的回顾，才能深刻认识宋词中"情景交融"的特点。

第一节　诗词中情景契合方式的发展变化

通过写景来抒情，在诗歌中古已有之，这是不容置疑的事实。《诗经·周南·蒹葭》的"蒹葭苍苍，白露为霜。所谓伊人，在水一方。溯洄从之，道阻且长；溯游从之，宛在水中央。"《诗经·小雅·采薇》的"昔我往矣，杨柳依依，今我来思,雨雪霏霏。行道迟迟,载渴载饥。我心伤悲,莫知我哀。"都是写景抒情的佳句。《九歌·湘夫人》的"帝子降兮北渚,目眇眇兮愁予。袅袅兮秋风,洞庭波兮木叶下"在今天来看,这些都是情景交融的佳句,形象生动,感人至深。但是这种现象,在《诗经》、楚辞中并不是俯首可见的,而且它的作用,更多是出于比兴的目的,或作为人物活动的背景出现的。也就是说,先秦时期景物在诗歌中还处于从属地位,无论是比兴、比德还是象征都不出托物言志、借景抒情的范畴,这时期是情景的初步结合。

自汉魏至六期,五言繁兴,随着人对自然美的发现,写景佳句俊语纷迭出。曹操的《观沧海》被认为是第一首独立的山水诗。陶渊明的田园山水诗,在情景浑然方面都达到了很高水平。山水诗的独立出现,标志着诗歌的进一步成熟。被称为"元嘉之雄"的谢灵运和被称为"永明之雄"的谢朓,经过他们的努力,山水诗确立了在中国文学中的地位。南朝时期,山水诗虽然有跨时代的发展,已经从前代诗歌中山水景物的片段描绘发展为相对独立的体制。但是即使在二谢这样的山水诗名家手中,也往往不似唐宋时期的许多山水诗那样,专以描写自然景物为事,而是与人物活动、哲理阐示或抒怀等方面的直接描述结合在一起。他们山水诗在结构上,往往有一种纪行诗的特征。采用"叙行历,摹山水,述情理"的结构方式。自然山水景物主要是作为诗人游览观赏的对象,或是作为悟理悟道的物化形式出现在作品中。情和景是分离的,主客之间,物我之间尚未达到和谐的同一。主体与客体是对峙着的。自然景物是作为人的思辨或观赏的外化或表现,而不像宋元以后与生活、感情融为一体。也就是说,先秦诗歌中作为比兴的景物在汉魏诗歌中增多,景物起兴作用逐渐向渲染、奠定诗歌情感基调方向演变。在整首诗中景映衬于情,初步实现情景一致。但强烈的情感使得主体往往来不及对景物进行细致的描绘,只能进行粗线条的勾勒,也是此时期诗歌中景物的一个重要特点。此时的诗歌无论是触景生情之作还是情景际遇契合之作,客体都处于作为主体映照式的存在状态。正如王钟陵所说"他们(建安诗人)的诗赋情景是浑融,但这种浑融乃是一种景依附于情,景的丰富性未曾得到展开下的浑融。"①

　　唐代是五七言诗高度繁荣阶段,情景交融的艺术手法,也随之更加发展,特别是在近体诗中使用更为普遍。在唐诗的初盛中晚四个阶段中,情况也不是完全一致的。盛唐诗人生活在国势强盛,政治开明的时代,内心具有一种强烈进取精神,这种勃郁奋发的主体精神在诗中有强烈表现。例如李白,诗中主体性鲜明,酣畅地表现了诗人的自我形象,而自然则处于他驱遣之下,于是河水从天上来,山高去天不盈尺,白发三千丈,雪花大如席……自然景物在他任意挥洒下呈极度的夸张变形,世界完全成了意志支配的对象,主体的力量压倒了客体,精神旋邀在自然之上。《登金陵凤凰台》表现了李白对政治的关心。诗人在对历史的凭吊之后,接着把目光投向大自然:"三山半落清天外,一水中分白鹭洲。总为浮云能蔽日,长安不见使人愁。"写景极为壮丽,三山半隐半现,白鹭洲把长江分割成两道洪流,实为写景佳句。景物的描写起到观赏对象的作用,它与"总为浮云能蔽日,长安不见使人愁"的结句,明显分为客观景物与主观抒情两部分,并没有达到情景交融的地步。又如孟浩然《望洞庭湖赠张丞相》:

　　　　八月湖水平,涵虚混太清。
　　　　气蒸云梦泽,波撼岳阳城。
　　　　欲济无舟楫,端居耻圣明。
　　　　坐观垂钓者,空有羡鱼情。

　　这首赠张丞相的诗表现作者希求援引的落寞心情。前四句景物描写是纯客观的,再现洞庭湖的浩大气势,在诗中所起的作用,一方面触景生情借以引起下联,另一方面也借此表现自己的艺术功力以求赏识。景物是引发感情的媒介,而不是表现感情的媒介。景物描写并不成为抒情的有机部分。盛唐诗人创作的随机性与偶然性,决定了他们诗中触景生情和情景分离的特点。大历

---

①王钟陵著:《中国中古诗歌史》,北京:人民出版社,2005年。

以后诗坛有了变化。经由安史之乱，诗人们由于生活在一个遭受了极大破坏的社会里，物质和精神都未免贫乏，所以便继承了王维、刘长卿诸人作品中适合于他们生活情趣的那一部分，着眼于写日常生活。诗人通过寓情于景，有意识地向情景交融方面努力，由盛唐诗中的物我对立、情景分离转化为物我融合交流，情景相互映发。韦应物的《幽居》：

> 贵贱虽异等，出门皆有营。
> 独无外物牵，遂此幽居情。
> 微雨夜来过，不知春草生。
> 青山忽已曙，鸟雀绕舍鸣。
> 时与道人偶，或随樵者行。
> 自当安蹇劣，谁谓薄世荣。

诗中描写了一个悠闲宁静的境界，反映了诗人幽居独处，知足保和的心情。"微雨夜来过"以下四句景物描写是诗人对自己幽居生活一个片段的描绘，他只写了早春清晨一个短暂时刻的山中景物和自己的感受。"夜来过"，一个"过"字，便写出了诗人的感受，显然他并没有看到这夜来的春雨，只是从感受上得来。因而与下句的"不知"关合，写的是感受和联想。这两句看来描写的是景，而实际是写情，写出了诗人对夜来细微春雨的喜爱和对春草在微雨滋润下成长的欣慰。"青山"两句是上文情景的延伸与烘托。这里不独景物浓鲜，也有诗人幽居宁静的喜悦。诗人的主观感受仍然活动在景物描写之中，不过表现更为间接而隐蔽。主观与客观融为一体，诗中物我关系由分变合。于是形成中国古典诗歌的基本特征，所谓寓情于景、情景交融。情景交融，物我合一在大历之前的诗中，不能说没有，但只有到大历后的诗中它才真正成为普遍的表现形态。在晚唐、五代诗和宋词中，情景描写已成为它的主要材料、主要手法。唐诗的"情景交融"美学原则，正是通过宋词得以延续，唐诗的意象方式，情景交融的妙趣，输入到词的血液中，使词成为与唐诗争艳的一支奇葩。由此可见，宋词的情景交融，正是在魏晋山水诗，唐代山水文学审美心理准备

中产生了物我交融、"天人合一",具有个性的作品。如张孝祥的《念奴娇·过洞庭湖》:

> 洞庭青草,近中秋、更无一点风色。玉鉴琼田三万顷,着我扁舟一叶。素月分辉,明河共影,表里俱澄澈。悠然心会,妙处难与君说。
>
> 应念岭海经年,孤光自照,肝肺皆冰雪。短发萧骚襟袖冷,稳泛沧浪空阔。尽挹西江,细斟北斗,万象为宾客。扣舷独啸,不知今夕何夕!

这首词是张孝祥于1166年秋因受"馋言落职",由广西桂林北归,途经湖南洞庭湖,湖光月色诱发了词人的"宇宙意识"。他以高洁的人格和生命力作为基础,以星月皎洁的夜空和寥阔浩荡的湖面为背景创作出了一个光风霁月、坦荡无涯的艺术意境和精神境界。这是词人性格、心境的写照,时代风云的凝聚,"天人合一"美学理想的艺术再现。词的开头就在我们面前展现了一个静谧开阔的画面:洞庭青草、近中秋、更无一点风色。这是词人内心世界恬宁的写照。"玉鉴琼田三万顷,着我扁舟一叶"二句隐约地暗示这种物我和谐的快感。词人在大自然中,就有如鱼归水般的欣喜。这里充溢着一种皈依自然,天人合一的宇宙意识。而这种意识在下文的"素月分辉,明河共影,表里俱澄澈"中表露得更充分。月亮、银河,把它们的光辉倾泻入湖中,碧粼粼的细浪中照映着星河的倒影,此时的天弯地壤之间,一片空明澄澈,就连人的"表里"都被洞照得通体透亮,词人的心已被宇宙的空明净化了,而宇宙的景物,也被词人的纯洁净化了。词人的"表里澄澈"的形象,"肝胆冰雪"的人格都融化在一片皎洁莹白的月光湖影中,一个从尘世中来的活生生的"凡人",能够跳出烦恼的困境,而达到如此物我两忘的境界,其"妙处难与人说"。词人却能借助物我相合,情景交融的意境,把"无私""忘我"的快感表达得淋漓尽致。可见宋代士人已逐步从前人的困惑、苦恼中摆脱出来,而达到一种更为"高级"的超旷的思想境地。他们在经历了艰苦曲折的经历后,在思想领域里、已经找到了自我解脱,自我超化的武器,在大自然的怀抱里,感到无所不适的快乐,打通了人与宇宙界限的意识观念。

可以说,没有魏晋人对山水自然美的发现,没有唐人诗歌的成熟和审美心理的准备,是不可能出现宋词这样情景交融、主客融合的作品。

第二节　唐宋词情景交融艺术手法的组合方式

唐宋词的情景描写,呈现出一种复杂多重的结构关系。很多研究离不开章法句法,讲究前以景起,后以情结,将上景下情作为词章法的典范。王夫之吸收以往情景理论研究成果,从主客体结构关系着眼,提出"情景妙合无垠""情中景""景中情""以写景之心理言情"四种结构类型。由此可以看到,一首成功的诗词,其意象决不是孤立的景,也是不孤立的情。脱离了情的景是虚景,脱离了景的情是虚情,只有当情与景自然契合——"情不虚情,情皆可景,景非虚景,景总含情"的时候,诗词才能臻至"妙合无垠"的完美境界。

无论《诗经》、楚辞、汉乐府、唐诗、宋词、元曲,它们都具有抒情言志这一特征。如果以唐诗和宋词比较,唐诗注重抒情,宋词就更注重抒情。刘熙载在《艺概》中说:"词家先要辨得情字,《诗序》言'发乎情',《文赋》言'诗缘情',所贵于情者,为得其正也。"张炎在《词源》中也说过,"词婉于诗","近乎情可也"。他们都看出词的特点,强调宋词的抒情性。中国传统诗学中的"赋、比、兴"手法,就是适应诗中抒情特点,应运而生的。李泽厚在《美的历程》中指出"所谓'比''兴',正是这种使情感与想象、理解相结合而得到客观化的具体途径。"情景结合是一个与"比""兴"有关的过程。宋朝李仲蒙说:"索物以托情,谓之'比',情附物者也。触物以起情,谓之'兴',物动情者也。"(胡寅《斐然集》引《致李叔易书》)这种解释,着眼于诗歌中情意和景象的互相引发,互相结合的不同关系。"索物以托情",指出"比"是一种心在物先的有意的喻托。"触物以起情",指出"兴"是一种物在心先的自然感发。这样看来,特别是"兴"的作用,它强调物的再现和心的表现的自然统一,形成传统诗学的拟物主义抒情方式。也是一种由外物触发情感的心理过程,是古典诗学在心理学上的标志。宋词于此都有所继承、发展,并形成自己情景结构方式。情景交融艺术手法的灵活运用,使宋词意境的创造日臻完善,为宋词最终能够成为在我国文学宝库中与唐诗相媲美的另一颗璀璨明珠起到了巨大的作用。但情景交融艺术手法的组合方式是复杂多样的,从众多研究来看,主要有借景抒情、寓情于景、以景引情、触景生情、以景衬情、因情造景、以景喻情和移情于景等八种。无论哪一种方式,词的意境都是情景交融的产物,情与景都是不可分离的,景无情不发,情无景不生。依此将唐宋词情景交融的形式分为融情入景、移情于景、情景相触三类,加以分析。

首先融情入景。在借景抒情中,景物虽然有所选择和加工,但仍然保持着原本形态,情境溶解、渗透在景物之中,没有直露、强加的痕迹,这就是融情入景。融情入景要求主体遵从客体,在情感表达方式上以"景"为中心,通过景物与情感在形态、性质上的相似性来启发感情。因此,须经由读者的想象成像、潜心体悟和充分联想,方能深切地把握它的情感内涵。

情者为在心,景者为在物,融情入景,包含着互相统一的两方面要求,一方面所谓"情者景之情也",就是化情为景,情在景中,也就是说词中的情感要通过具体的景物形象表现出来;另一方面"景者情之景",就是"于情中写景""悲喜亦于物显",使对外界景物的描写带上丰富的感情色彩。在审美心理中,则导致审美主体适应客体,二者的和谐统一,即物和我的统一,自然和人的统一。诗人的心灵和宇宙万物仿佛互相吞吐,宇宙万物似乎成为词人心灵的投影,如秦观的《洗溪沙》:

　　漠漠轻寒上小楼,晓阴无赖似穷秋。淡烟流水画屏幽。
　　自在飞花轻似梦,无边丝雨细如愁。宝帘闲挂小银钩。

这首词写得多么轻灵剔透,含蓄蕴藉。全词六句都在写景,没有写人,然而人的感情是通过景物形象的描绘、气氛渲染渗透出来。写的季节虽是早春,但给人的感受却是一阵广漠的轻寒,它无所不在,充塞了整个宇宙空间。"漠漠"二字写轻寒浓重,实际上却表现人对轻寒的感觉,使楼上之人倍添孤寂。写的天气虽然是早晨,却浓云四布,没有阳光,在这种气候下的人的感受只能感到无聊而生恼恨了。特别是下片突现了一个"花轻似梦""雨细如愁"的境界,自由自在的飞花袅袅,飘忽不定,迷离倘恍,无边细雨如丝,迷迷蒙蒙。这两句更能唤起人们丰富联想,迷离中飞花进入梦中,还是梦中幻化成片片飞花,似乎不可强分,亦虚亦实。梦、愁本是抽象的事物,难以捉摸。诗歌中一般常以具体比拟抽象,而此词却反其一般规律,以具体的"飞花""丝雨"反比,实际上正表现了他那"梦似飞花""愁如丝雨"的感情。一种漠漠的愁思,淡远寂寞的春梦,不正是主人公在此环境中的感情吗,表现得多么细腻真挚啊!最后一句以室中宝帘景物作结,进一步唤醒全篇,使帘外的种种愁境和帘内的愁人更分明。词中不言闺怨春愁,而春愁闺怨却自现。所写的景所表的情,自然合一。再如张孝祥《念奴娇·过洞庭》的"素月分辉,明河共影,表里俱澄澈。"柳永《雨霖铃》的"今宵酒醒何处?杨柳岸、晓风残月。"姜夔《扬州慢》的"二十四桥仍在,波心荡,冷月无声。"辛弃疾《西江月》的"明月别枝惊鹊,清风半夜鸣蝉。稻花香里说丰年,听取蛙声一片。"这些写景的名句中,或"素月",或"残月""冷月"。当诗人凝神望月之际,他的整个生命都从自我狭窄的天地中涌出来,随着清辉流去,把无知无觉的自然吸入自我之中,自我又消融在景物之中,伴着明月环游天空,并同无形宇宙生命合而为一。"思与境偕",物我两冥,物无不是物,物无不是我,自然万物却成为他心境的客观投影,它是物的"泛我"化和人的物化统一。在这类写景的句子中,呈现一种主客、物我不可分离,"互藏其宅""妙合无垠"的境界。这是传统诗学中拟物主义的抒情方式。同时"景中情",亦属这种表情方式,属于传统的"感物而动""应物斯感"的另一种说法,是以描写外在景物为主,情感比较隐蔽、含蓄,强调以景传情。如"可堪孤闭春寒,杜鹃声里斜阳暮""落花人独立,微雨燕双飞""舞低杨柳楼心丹,歌尽桃花扇底风"等,悲欢喜悦心情,尽从景物形象中所得。

其次是移情于景。在借景抒情中,由于主观感情的强行介入,使景物明显见出情感冲击的印痕;或不同程度地改变了事物本来的形态、特征,或语句中夹带有点染情感倾向的字词,是移情于景。词人在选材时就带着强烈的主观情感来摄取、选择外界景物,并将自己的主观感情注入其中,又借着对景物的勾勒将它抒发出来,从而达到了移情入境、情景交融的极点。

在唐宋词的景物描写中,一些自然景物被赋予了人的思想、感情、性格、行动和生命。这就是"移情现象"。如"数峰清苦,商略黄昏雨"(姜夔语)、"泪眼向花花不语,乱红飞过秋千去"(欧阳修语)、"细草愁烟,幽花怯露,凭栏总是消魂处"、"槛菊愁烟兰泣露"(晏殊语)以及咏物词的警句大都显示移情作用。从现代美学观点解释移情现象,无非是作者对客观景物的一种富有感情的想象,使被描写的景物形象具有感情色彩。罗金斯认为,强烈的感情会使理智脱臼,在观照中将生物的特点加在非生物上面,从而"在我们心中使一切外界事物的印象产生了一种虚妄"如一种"感情的幻象"(《古典文艺理论译丛》第八辑)。在中国古典诗论中,王夫之说的"情生景",王国维也说"有我之境""物皆著我之颜色"等,即属于诗词创作中的"移情"现象。这些都是对诗词中移情的论述。强调情感的主动外射,由我及物,是物的人格化,是拟人主义的抒情方式。从审美主客体关系意义上看,这实际是景物主体化的抒情方式,它是作为人与自然间新的审美关系出现的,是对传统的"感物而动"的拟物主义抒情方式的突破,景物主体化的描写更能体现宋词情景交融的特点。移情写景,即景物主体化的描写不只体现于单向之间,更多出现于篇章结构,作者用一片或整首词,进行景物主体化描写。在这方面,南宋词人尤为擅长。辛弃疾的"野鸟飞来,又是一般闲暇。却怪白鸥,觑着人欲下未下。旧盟都在,新来莫是,别有说话?"(《丑奴儿近·博山道中效李易安体》)白鸥居然能偷偷看人,欲下未下,犹犹豫豫,莫非要悔约改口吗?作者通过白鸥的背盟,写自己身世感慨和生活道路坎坷不平。"红莲相倚浑如醉,白鸟无言定自愁。"(《鹧鸪天·鹅湖归病起作》)写红莲如少女互相倚靠,全都喝醉了酒,白鹭不鸣不诉,在独自发愁。写病起者的心境与情态，把词人强烈的心绪愁闷衰迟的意态表现得出神入化。正如明人沈际飞所说："生派愁怨与花鸟，却自然。"（《草堂诗余正集》）移情于象的景物主体化描写，使情景合一，情意宛转。在辛弃疾的词中还有"遥岑远目，献愁供恨，玉簪螺髻"。（《水龙吟》）"青山意气峥嵘，似为我归来妩媚生。"（《沁园春·再到期思卜筑》）"争先见面重重，看爽气朝来三数峰"（《沁园春·灵山齐奄赋时筑偃湖未成》）。自然界中的"山"，都活起来了，具有了生命，有了感情，有的意气峥嵘，有的妩媚多情，有的甚于争先朝见，表示欢迎。在这些词句中，在词人强烈主观外射之下，通过景物主体化的作用，"物皆著我之颜色"。在辛词笔下的"山"的艺术形象，比现实中的山更富有情趣，更崇高更有理想，是客观现实中不曾有过的完形象。在词人自我心情外射之下，景物得主体化描写使景物直接打下作者感情的烙印。表现物我的融合，形成寓情于景的景物主体化的抒情方式。宋词中这种抒情方式的成熟发展，使本来是无生命无情的景物有生命、有情致，突破了传统诗歌的拟物主义抒情方式，丰富了宋词情景交融的抒情结构。

　　第三是情景相触。情景相触是在直接的审美感兴中让情与景自然契合而升华，从而达到妙合无垠的状态。这种契合是内在的统一，而不是外在的拼合。有的先景后情，有的先情后景，有的情景相间，写法不一，形式多样。

　　在北宋词中，一个普遍的现象是许多词的首句往往点名时令，上片纯是绘景，下片则由景物描写自然地过渡到情感的发抒。以张先词为例，《千秋岁》云：

　　数声鶗鴂，又报芳菲歇。惜春更把残红折。雨轻风色暴，梅子黄时节。永丰柳，无人尽日花飞雪。

　　莫把幺弦拨，怨极弦能说。天不老，情难绝。心似双丝网，中有千千结。夜过也，东窗未白孤灯灭。

　　由首句可知是暮春时节，作者触景伤情，惜春之情油然而生。下片由伤春更发展为浓烈的相思，情绪更为热烈。而作者的一系列情感反应，又都是由

"数声鶗鴂，又报芳菲歇"的物候变化所引起的。这种由物候的变化引起的情感波动在宋词中是一种普遍现象。不仅仅是季节的变迁，自然景物也往往能引起作者的情感波动。如"柳阴直，烟里丝丝弄碧。隋堤上，曾见几番，拂水飘绵送行色"（周邦彦词句），"凉生岸柳催残暑"（张元干词句），"今宵酒醒何处，杨柳岸晓风残月"（柳永词句），"柳"在这些词中，是写实还是写意，很难断定。不过这都是作者假借景象，来表达抽象的情感。另外，"雁"象征淹滞、羁愁；"浮云"象征飘泊、行游等。它们常作为写实的景物出现在宋词中，有时候并不一定是实景，而只是借以表达某种深层的意念，或渲染一种情绪气氛。在南宋以辛弃疾为首的"辛派词人"在词中力陈"经济之怀"、恢复之志，为风雨飘摇的南宋王朝大声疾呼。词在他们手中，更多的是作为"陶写之具"，非为簸弄风月，直是抒情言志。出于此功利的目的，景物描写在他们的词作中，有时便成为抒情所需。以姜夔为首的"格律派词人"创作了大量咏物词，许多景物描写随情感抒发的需要点缀其间，往往并无深意，而只是为了制造一种情境，营造一种氛围，为词作生香。

情景交融是唐宋词重要的艺术特征，积累了丰富的经验。诗人在处理情与景的关系时，往往是多种方法综合应用。此情此景相互生发与渗透，从而达成融合无间的状态，创造出诗词美妙的意境。情语缘景语而厚，景语因情语而活，在此列举的几种表达方式，仅为了阐述方便，加以分类，而这中间也有交叉、渗透，是不足以概括全面的。古典诗词是"情"与"景"的统一体。诗人无论采用哪种方式进行谋篇布局，情景交融的关键还是一个"融"字。唯有情和景互相交融渗透，"情不虚情，情皆可景，景非虚景，景总含情"，形成情景的完美统一，才能达到水乳交融之境。

第五章 唐词景物描写的非自觉性与词体的定型

中国诗歌艺术的发展,从一个侧面看来就是自然景物不断意象化的过程。①烟波江天、云燕飞鸿、春花秋月、古木池渊等等,经过时间的积淀,已不再是单纯的客观物象,在容纳了一定的情感寄托和社会内容之后,成为一个个充满诗意、情感,被不同时代的作者反复运用的意象。情与景由此成为古典诗词批评的核心范畴,古典诗学尤其注重情景交融的审美理想。而词体在情景关系上有着更进一步的开拓,具体表现在唐宋词对"景"的深刻关注。

第一节 初唐至中唐词体的雏形与景物描写呈现非自觉性

魏晋以来,随着大规模的战争、移民、佛教流播和商业贸易,中原汉民族和周边其他民族之间有着长时期的文化交流与融汇。这种文化交融成为新音

---

①袁行霈著:《中国诗歌艺术研究》,北京:北京大学出版社,2009年,第4页。

乐产生的契机,到隋唐之际,一种全新的音乐——燕乐流行开来,以取代旧的雅乐和清商乐,当时人称它为"曲子"。"燕"通"宴",燕乐即樽前宴边的助兴音乐,它是西域胡乐与中原俗乐的交汇渗透,其曲调繁声促节极富变化,中土韵味兼异域风情,充溢着世俗性的冶荡轻靡。而作为配合燕乐演唱填制的歌词,五代人称之为"曲子词"。曲子词最初在唐代民间迅速生长。敦煌曲子词是最早的民间词,其后的集子《云谣集杂曲子》是最早的民间曲子词集。民间曲子词内容丰富,反映了各阶层人民的生活和思想,涉及的社会生活面广泛。在思想上表现了广大军民的爱国思想,反映了晚唐动荡的政局,揭露了腐败的政治和民生凋敝的社会现实。敦煌石窟大量曲子词的面世,不仅为词体起源提供了新的史实依据,还提供了曲子词这种新兴体式的民间初始状态。体现出词在初起阶段所特有的新创特点:内容上题材广泛,大多继承前代民歌"缘事而发"的传统,真实地反映社会人生,抒写下层民众的情感与生活,如《拜新月》《送征衣》《捣练子》等;语言上通俗浅直,或是劳作疾苦、闺情怨思,或是爱恋别离、游子羁旅,皆用浅近的俚词俗语作不加雕饰的率真流露;形式上自然流利,字数不定、平仄不拘、叶韵不限,并采用对话、问答、代言、叙事等民间表演艺术的手法。风格明快质朴,语言爽直俚白,比喻丰富生动不事雕琢。在词史发展上,敦煌曲子词的开启之功不容忽视,它对后来文人词的发展具有"导夫先路"的作用。

  曲子词在民间广泛流行时,中唐以来,一些与社会下层接触较多的文人接受其影响,对这种新兴词体表现出极大兴趣;同时,诗盛极难继、词新兴初起的文学自身的衍变,也相应刺激着文人们求新逐奇的创作热情。由此,文人词因主客观之契合应运而生。其反映的生活面比较宽广,题材呈社会化,其中有边塞题材,如《怨胡天》《破阵子》;有建功立业题材,如《献忠心》;也有男女恋情题材,如《春光好》《长相思》。唐代民间词继承了民间诗歌"感于哀乐,缘事而发"(《汉书·艺文志》)的传统,整体来讲,叙事的成分较浓,如唐五代出现的《长相思》:"作客在江西,得病卧消息,看看似别离。村人曳在道旁西,爷

娘父母不知。身上缀牌书字,此是死不归。"当然,叙事的同时,言情和写景也有一定的发展,例如敦煌曲子词《天仙子》:

  燕语莺啼惊觉梦,羞见鸾台双舞凤。天仙别后信难通。无人共,花满洞,休把同心千遍弄。

  叵耐不知何处去,正时(值)花开谁是主?满楼明月夜三更,无人语,泪如雨,便是思君肠断处。

其中"燕语、莺啼、明月、满楼"之类的景物描写,巧妙自然地构成了词的意象,但仔细体味,自然景物只是背景、点缀和媒介,是为了表达一定的情感才对景物进行描写,在词中对情感的表达多起衬托作用。这种把情与景联系起来的写法,相对于叙事的主流而言,是作者出于本能,并非自觉的认识。不过这种"即景抒情"的手法,对后代情景交融的写法影响是深远的。这时的词从内容上讲以叙事为主,是可以演唱的歌词且大多出于民间艺人之手或口,所以带有若干"野气",风格以质朴为主,情感流露比较直白。

词兴于唐、盛于宋,本起源于盛唐的"胡夷里巷之曲"(《旧唐书·音乐志》),原是配合隋唐以来的燕乐而创作的歌辞,后逐渐脱离音乐成为古代诗歌的一种形式流传至今,初唐至中唐,是词体的形成阶段。从目前的文献资料所载诸词来看,词体的雏形,形成于初唐。文人正式开始词体创作,是初唐的沈佺期等人。据曾昭岷等编《全唐五代词》所载,沈佺期、杨廷玉、李景伯曾在中宗朝分别写过《回波乐》词。①这几首词,虽然没有什么审美价值,却具有词体标本的意义:它们都是齐言体,除合乐之外,与六言古诗基本上没有什么区别。词体一开始就呈现出诗混合的迹象。盛唐半个世纪间,写词者仍然寥寥,只有李白传世之词受人关注。到了中唐,开始词体创作的诗客逐渐多起来。韦应物、王建和戴叔伦的《调笑令》,这时的词体仍然是以齐言为主而稍加变异。总体上看,这时的文人还处在模仿与尝试阶段。创作主体既不熟练,创作的文

---

① 曾昭岷、曹济平、王兆鹏、刘尊明编:《全唐五代词》,北京:中华书局,1999年,第1—5页。

本也缺乏与诗体完全不同的独立的审美特征。从简略分析中可以看出，初唐到中唐的词作体制，与诗基本是处于混合状态。而在观念上，诗客们也没有把这些后来认定为词的作品独立出来而视作词。可以说，从初唐到中唐，不仅是体制和观念上诗词不分，词作的语言、题材取向也还没有形成一种有别于诗的特质。如刘禹锡《杨柳枝》词："御陌青门拂地垂，千条金缕万条丝。如今绾作同心结，将赠行人知不知。"白居易《杨柳枝》词："叶含浓露如啼眼，枝袅轻风似舞腰。小树不禁攀折苦，乞君留取两三条。"所以说，在体制、语言风格和表现功能诸方面，初唐到中唐的文人词作与传统的古近体诗歌，都还处于混合难分的状态。

但是词人的诗人身份和诗歌的创作经验也使得词人对诗歌的汲取成为填词创作的一种常态。文人词虽未脱诗歌特征，但日渐褪去俚俗粗陋之气，开始走向雅致。这一阶段词中的景物描写比重增大，但景物描写呈现出一种非自觉性。如李白的《忆秦娥》：

箫声咽，秦娥梦断秦楼月。秦楼月，年年柳色，灞陵伤别。

乐游原上清秋节，咸阳古道音尘绝。音尘绝，西风残照，汉家陵阙。

上片以月下箫声凄咽引起，已见当年繁华梦断不堪回首。次三句，更自月色外，添出柳色，添出别情，将情景融为一片，想见惨淡迷离之概。作者借助一些事物作为秦娥活动的背景，为读者展现了一幅发人深思的人生图画：秦娥伫立在秋风（西风）中眺望，这时夕阳西下，在苍茫的暮色中仅仅可以辨认出高大的汉代陵阙了。再如张志和的《渔歌子·渔夫》词中远近高低的景色融会其中，构成一幅宁静的画面。山笼烟雨显翠，水映桃花更红，白鹭翱翔，鱼儿潜跃，似一幅水墨丹青，鲜亮的越加鲜亮，淡雅的越加淡雅。整个词境清空、冲淡。但仔细品味，张志和的词表现的是身在尘寰，心于象外的超然心境；李白表现的是一切人世的凄凉与无奈，蕴藏着无限沧桑之情。综合来看，二者实际表现的是一种偶遇自然，在精神上的感悟。再如刘禹锡的《潇湘神》（湘水流、斑竹枝）、白居易的《忆江南》（江南好）等三首，写的虽然是自然景物，而实际表达的是超然于自然景物之外的审美主体的本色精神。但这种做法赋予了新兴词体以自我抒怀寄兴的创作取向,产生了绵长的韵味余意。同时,把此时的文人词与刚兴起的民间词相比较,可以看到文人词中的写景比重增大,如李白的《菩萨蛮》:

> 平林漠漠烟如织,寒山一带伤心碧。暝色入高楼,有人楼上愁。
> 玉阶空伫立,宿鸟归飞急。何处是归程? 长亭连短亭。

在光线昏暗将晚的时节,气重生烟。烟气漠漠,纷纷于平林之中。若平林无际阻断了道路,那纷纷漠漠的寒烟更将词人望眼断绝在林的这边。暝色骤然,寒意何止在山,也在词人心中。山茫一带的碧色不只是由于暝色的笼照,更是古今一同的伤心所致。伤心在平林,伤心在寒山。昏暗使词人目光不能再及远眺,匆匆将视线拉回。暝色中,伤心也一同回到了楼中、楼上。是否她为眺望到更远才更上层楼? 及至到了楼上才发现陪伴她的仍只有使人发愁的暝色中的平林、寒山。更高的楼,更远的眺望,只能更加内心中的伤感与悲凉。不,不能再远眺了。碧色寒山、如织烟霭、漠漠平林沉浸在无边之愁的暝色之中,望不穿、剪不断。潸然间,找到了同病之人,却是冰冷的玉阶。却不是来慰祭自己的孤独的,而是自己的灵魂经过幻化,就那样冰冷的伫立在暝色之中,虽然它洁白、虽然它经过精雕细琢。孤独的望着已经感觉到冷意的鸟儿,它们急匆匆地在往回赶。它们要去哪里? 也许它们还有个归宿。我该去哪里? 也许该问问暝色中的冥冥之王。于是发自内心的呼喊,却始终喷涌不出,也换不来答案。只是在心中无声的咏叹。似乎也如绝句一般,在无限凄凉中,重又将头抬起。视线落向远方,计算着归去的路程。十里一长亭,五里一短亭。然而长亭、短亭却都淹没在漠漠烟霭、寒山平林的暝色阴影之中了⋯⋯词作已采用"景中带情""以景寓情"的手法,并且在一定程度上创造出了"情景交融"的意境。这与民间词"即景抒情"的手法相比已有很大进步。但由于词作者受"诗客"的惯势艺术思维、美学理想的影响,使词作涂染上了浓厚的诗化色彩,词呈现出较强的"娱己"目的,所描写的自然景物只是为抒发自我人生际遇而服务,自然景物在词中只是起工具性的作用，或者说词中的自然景物只是充当一种带有诗味的对象。不过我们应该看到，由于文人词的写景比重增大，情景结合较好，词开始由朴而变华，由粗而变细，词的意境创造也显得比民间词老道，由此导致文人词的词境比民间词的词境更有韵味。

第二节　晚唐词体的定型与景物地位的提高

"时运交易，质文代变"(《文心雕龙·时序》)，唐玄宗天宝十四载(755)的安史之乱，改变了唐王朝的历史命运，也使唐代的社会文化遭到了重创。唐末，社会更加衰败，藩镇割据、宦官专政、朋党之争、边患频仍，广大中原地区陷于水深火热之中。随着唐帝国的没落，整个社会风气发生了很大的变化。首先是士风之变：面对日渐衰败的时局，广大知识分子政治理想幻灭了，他们看不到仕途上的前景，这就促使他们退缩到自我生活的狭小圈子中及时行乐，自我陶醉，以醇酒美人消磨时光。由此而形成的低迷颓废的士风，必然要影响到文风，当时的诗风就已趋于秾丽凄艳。其次是世风之变：在社会动荡、民不堪命的情况下，晚唐的统治者却过着极其奢靡的生活。帝王和朝廷的自我放纵，诱导着社会风气的转移。从中央到地方，追逐声色宴饮已经成为一种普遍的行为。在这样的社会环境中，曲子词这种配合燕乐而歌的声诗迎合了当时的文人心态，文人亦于曲子词中找到了寄情的最佳方式；文士们在教坊酒筵之地，为娱宾遣兴而依声填词，"用助妖娆之态"(《花间集序》)，其时的文人词已没了民间词情新质朴的气息，代之以绮情悱恻、缠绵妩媚。文人词主要是在北里教坊、绮筵罗幌中发展起来的。为文人"曲子词"的成熟提供了大好时机，并最终促使花间词的香软绮靡风格特征得以形成。

晚唐五代时期出现了第一部文人词总集《花间集》，花间词是晚唐五代社会风气的产物，同时也艺术的传达出当时的社会审美风尚。它除了集中的反映了社会上普遍盛行的享乐之风外,更重要的是揭示了这一时期人们普遍的悲愁心态和以悲艳为美的风尚。花间词人把创作的视野集中在裙裾脂粉、花柳风月,多写女性的姿色和生活情状,词中出现的场景也就局限在女子所居住的闺院、朱户绮阁以及杨柳栏杆等人造建筑空间,词作中出现的自然景物常常是诸如春水桥畔的红楼绿窗,烟树江月的忆想相思之境以及沾染上个人伤春伤别之情的春秋之景,由此,词所营造的意境也就表现出清丽秀艳、温柔缠绵且含蓄蕴藉的特征,开启了婉约词风。

纵观《花间集》的 500 首词作,自然意象所占有的比重相当大,分布亦相当广泛,主要集中在春、花、风、月、云、雨、柳、莺、燕、鸳鸯、草等十多种意象之上。首先,花间词人所选取的这些意象在质感上呈现出温、软的特性。其次,在花、月、云、雨等包含多重意义自然物象的使用上,花间词人偏好选取带有绵丽秀美审美特质的定语组成偏正短语而构成意象,如浮云、垂丝柳、烟雨、落花等,多为浸染着女性情思的自然物象。再次,许多自然意象的意义被抽象化,取代了原有的具体意义。如"花",在花间词人手中,它常常没有具体的内涵,但在花的世界里却无所不是,代表了"花的群体"。花间词人所采撷、表现的多不是整体的、开阔的自然景观,而是关注更为细致的景致和更为细腻的情感,加之词体本身的迥异于诗的特性,他们亦很少置身与山水景物之外对其进行整体观照。关注重点不在于对自然景观和人生哲理的探寻,而在置身于景观之中,体味自然小景的韵味情致。借于对自然景物的描绘,构建出一个特定的时空场景,营造出的特定抒情氛围。在场景营造中,自然意象发挥着重要的作用。如韦庄《更漏子·钟鼓寒》:

钟鼓寒,楼阁暝,月照古桐金井。深院闭,小亭空,落花香露红。

烟柳重,春雾薄,灯背水窗高阁。闲倚户,暗沾衣。待郎郎不归。

词人用夜晚所特有的淡月、落花、坠露、烟柳、春雾等一系列意象,营造出清寒冷落的小环境,将思妇辗转难寐的愁苦情状放置于这样的抒情氛围中,读来真切动人。再如"牡丹花谢莺声歇,绿杨满院中庭月。相忆梦难成,背窗灯半明。"(温庭药《菩萨蛮》)"岸柳施烟绿,庭花照日红。数声蜀魄入帘拢。惊断碧窗残梦,画屏空。"(张泌《南歌子》)"红藕香寒翠渚平,月笼虚阁夜蛋清,塞鸿惊梦两牵情。"(顾敻《浣溪沙》)"烟雨晚晴天,零落花无语。难话此时心,梁燕双来去。"(魏承班《生查子》)在其所营构的场景中,外在物象与词人主观情绪一一契合,在词中,这种情绪则体现为主人公形象与外在物象的情感交叠,抒情主体从外在物象中体验到相应的情感,移情入象,这春花秋月,飞鸟浮云便成为主体藉以表达情感的对象,情景交融,情寓景中,融为一个固定的、凝聚的、具有独立审美意义的时空片段。

　　《花间集》词人徜徉于自然山水风光之时,通过一首首清丽的小词也传达着自然意象明媚秀丽的美感。首先是俯拾皆是的蜀地风物;其次是对南国风光的描摹:"兰烬落,屏上暗红蕉。闲梦江南梅熟日,画船吹笛雨潇潇,人语驿边桥。"(皇甫松《梦江南》)芭蕉、熟梅、微雨、骤桥等南国风景意象悠缈而灵动,寄托了词人朦胧惆怅的心绪。"蘋叶软,杏花明,画船轻"(和凝《春光好》)、"槿花篱外竹横桥"、"桄榔叶暗蓼花红"(欧阳炯《南乡子》)、"豆范花繁烟艳深"(毛文锡《中兴乐》)、"愁听猩猩啼瘴雨"、"夹岸荔枝红蘸水"(李珣《南乡子》)、"木棉花映丛祠小"(孙光宪《菩萨蛮》)将南国美景和充满异域风情的风物一一入词,激发起人们的无穷兴味,闲适的笔调,描摹纯朴的农家生活。另外,还有在自然的陶冶中生发的隐逸之思:"楚山青,湘水绿,春风淡荡看不足,草芊芊,花簇簇,渔艇棹歌相续"(李珣《渔歌子》)。渔人陶醉在美丽的风景中,无拘无束。无滞无碍;"白芷汀寒立鹭鸶,蘋风轻剪浪花时。烟幂幂,日迟迟,香引芙蓉惹钓丝"(和凝《渔父》)则满怀细腻纤柔情感的隐逸之趣;"碛南沙上惊雁起,飞雪千里。"(温庭筠《蕃女怨》)、"鸡禄山前游骑,边草白,朔天明,马蹄轻"(孙光宪《定西番》)则用常见于北国的自然意象,来表现边塞风光和羁旅行役的愁思。从词中出现的自然意象看,花间词人选择的自然意象,多数属描述性意象,显得单纯、浅显而充满质感。自然意象的运用常常依照着观测视角的变换,将场景中的画面慢慢铺现于读者面前,如温庭筠的一首《梦江南》：

千万恨，恨极在天涯。山月不知心里事，水风空落眼前花，摇曳碧云斜。

词人在有限的篇幅内，融入了天涯、山月、水、风、落花、碧云等多个自然意象，随着这些意象的跳跃，欣赏的视角也由远—近—远发生多次变化，将思妇心中百转的愁肠物化为眼前所见的自然之景，情感蕴含其中。正是通过自然意象的合理搭配，在视角的转变中，将胸中情感层层深化，实现了情景交融。

花间词中多姿多彩的自然意象，编织出一幅幅美丽的画面，映衬着百转千回的情感，烘托出幽妙缠绵的词境。晚唐温词的出现，标志着词体的定型，同时，也标志着景物地位的提高。温庭筠能"逐弦吹之音，为侧艳之词"（《旧唐书·温庭筠传》）。他经常出入于都市狎邪坊曲之中，制作了大量绮丽华艳的"伶工之词"。从流传至今的温词来看，都是樽前清歌，即是以歌伎之口吻，唱绮情闺怨，离愁别恨。著名的《菩萨蛮》十四首就是当时最为流行的曲调，也是典型的艳词；《更漏子》六首，情致尤为缠绵。正是他的这种绮靡侧艳的风格，开启了"花间"一派。唐圭璋先生《温韦词之比较》早已指出："离诗而有意为词，冠冕后代者，要当首数飞卿也。"①温庭筠也是致力于填词的第一人。温词基本上都是描写艳情的作品，据统计，《花间集》所收的500首词中，有411首以女性为描写对象，而其中所收的温庭筠的66首词中，61首的抒情形象都为女性。温词中的形象不是宫妃，便是歌妓；不是思妇，便是怨女。所写的场景无非是楼阁朱户、闺院栏杆，所咏的内容、情感无非是闺情宫怨、离愁别绪。词中对晚唐时期社会的矛盾和斗争很少表现。如《菩萨蛮》：

小山重叠金明灭，鬓云欲度香腮雪。懒起画蛾眉，弄妆梳洗迟。

照花前后镜，花面交相映。新贴绣罗襦，双双金鹧鸪。

此词写的是一个独处闺中的妇女，从起床、梳妆以至穿衣的一系列动态，并从中描绘出她的处境及心情。因此说，自温词始，词的题材便走向了"狭窄化"。

---

①唐圭璋著：《词学论丛》，上海：上海古籍出版社，1986年，第896页。

白居易曾先后任杭州刺史、苏州刺史，江南的山水景物在他的心目中留下了深刻的印象。晚年，他曾创作了三首《忆江南》词，在前两首词中用浓郁醉人的笔调描绘了江南山水的美丽风光："江南好，风景旧曾谙。日出江花红胜火，春来江水绿如蓝，能不忆江南？""江南忆，最忆是杭州。山寺月中寻桂子，郡亭枕上看潮头，何日更重游？"江花胜火，江水如蓝，月中寻桂，郡亭观潮，白居易在词中展现了秀美的江南山水景色和闲适惬意的生活，在字里行间饱含着对于江南风光深情的向往和怀恋。令狐楚《一七令·山》云：

山，耸峻，回环。沧海上，云间。商老深寻，谢公远攀。古岩泉滴滴，幽谷鸟关关。

树岛西连陇塞，猿声南彻荆蛮。世人只向簪裾老，芳草空余麋鹿闲。

此词为令狐楚于兴化池亭送别白居易分司洛阳即席所作，全词意境开阔，笔力苍劲，雄峻中不乏清丽气息。词中在对山中景物的描绘中，流露出对居于山中麋鹿闲适自在生活的羡慕之情。上引的这三首词表明，自然山水风光已经进入唐代词人的视野，成为词中表现的审美对象。

词最初受诗歌表现手法、审美品味的影响，体裁以小令为主，令词可以因小见大，用尽量少的笔墨包纳尽量多的涵蕴，凭有限的字句去传写那些无限的情思。或不言之言，言外见意，或渲染兴比，以曲折出之。也就是说小令是语浅情深、言约意丰。而这一点恰好符合意境的特征——委婉含蓄中馀味悠悠无穷。所以，小令这种体裁对于词来说，是有利于营造含蓄意境的。但可惜的是小令以至后来的中调形式过于短小，使景物描写受到了极大的限制，词人难以尽情。但在词最初生成时期，唐诗意境的含蓄、细小直接影响到了宋词的意境，并为词境的创造开辟了道路。

第六章　五代词中景物地位的提升与词境的生成发展

五代时期西蜀与南唐作为南方两个重要的文化中心而成为五代词繁盛的摇篮。在北方干戈扰攘、兵连祸结之际，西蜀因依凭山川险固而偏安剑南，较少受战争影响，加上天府之国的经济底蕴，君臣相与逸乐，这里遂成为西蜀词滋长的温床；南唐地处江南，经济繁荣，君臣唱和而乐府大盛。蜀词与南唐词均属文人词系统，创作上多采用短小的令词形式，都具有"风云气少，儿女情多"的阴柔美特征，但词体本质特征则有明显差异。西蜀词多为伶工之词，南唐词则为士大夫之词，前者为酒边樽前的娱乐消遣，体现着香而软的美学风格；后者则为社会动荡、人生失意下的言志述怀，充满了浓郁的感伤情调。

第一节　五代西蜀：景物地位的提升与花间词境的生成

温庭筠是第一个大量写词的文人，也是晚唐的一个重要诗人，他把晚唐诗歌中善于表现细腻的官能感受、有强烈色泽感的特色移植到词里来，以腻粉脂香作为描写对象。他以精美的意象组合成深细的词境,并以其细腻的描绘,与音乐的紧密配合,在消遣娱乐的氛围中深受人们的欢迎。

在题材的选择上,温词虽擅长描写夜景和喜欢写水景,但温词中对有关自然景物只是作客观描绘,自然景物在词中的目的是于其中微露或暗示人情,而不是作为赞美的对象或者作为交流的对象。如《更漏子》:

柳丝长,春雨细,花外漏声迢递。惊塞雁,起城乌,画屏金鹧鸪。

香雾薄,透帘幕,惆怅谢家池阁。红烛背,透帘垂,梦长君不知。

词将人造之景观和自然之景物相结合,将闺楼之外的自然实境与心中的幻觉之境相结合,形成独特的夜景,使词增添了一种朦胧的美感和含蓄的特质。至于水景的描绘,也屡见不鲜,如《望江南》:

梳洗罢,独倚望江楼。过尽千帆皆不是,斜晖脉脉水悠悠,肠断白蘋洲。

但词中写脉脉斜晖、悠悠江水、萋萋蘋洲等自然景物的目的都是为了映衬思妇盼望归人的分外哀婉、柔美的情感,而不是表现自然景物,自然景物只是表现情感的一种辅助性工具或手段。对此我们可以通过比较说明,如南宋后期吴文英的《浣溪沙》:

门隔花深梦旧游,夕阳无语燕归愁。玉纤香动小帘钩。

落絮无声春堕泪,行云有影月含羞。东风临夜冷于秋。

其中"落絮无声春堕泪,行云有影月含羞"是对自然景物的描写,但却是一个形象体现为两个方面。"落絮无声春堕泪"写絮花从空中飘落,好像替人无声堕泪,这是写春的堕泪,人亦包含其中。"行云有影月含羞"写妇女言别时的形象,以手掩面,这倒不是含羞,而是为了掩泪,怕增加对方的悲伤。同时也是写自然,行云遮月,地上便有云影,云遮月衬出月含羞。刘熙载说:"词之妙,莫妙于以不言言之,非不言也,寄言。"(《艺概·词曲概》)此词"落絮""行云"一联正是"寄言"。表面是写自然,其实是写情。词人把人的感情移入自然界的"落絮""行云"当中,造成了人化的大自然,而大自然的"堕泪"与"含羞",也正表现了人离别悲痛的深度,从而形成至美的艺术境界。温词《望江南》与吴词

《浣溪沙》都是怀人之词,但二者在情与景的处理上是完全不同的,温词中的自然景物是人活动的一个背景,写景是为了映衬情感;而吴词中自然景物呈现主体化,景即情,情即景,情景浑然一体。当然,由于景物地位的不同,所形成的意境高低则是不言而喻的。陈廷焯在《白雨斋词话》中说:"《浣溪沙》结句贵情余言外,含蓄不尽,如吴梦窗之'东风临夜冷于秋',贺方回之'行云可是渡江难',皆耐人寻味。"可见此词的无穷韵味。

虽然词在最初所选题材比较狭窄,但由于借助景物因而在一定程度上却显出抒情之深。如温词《更漏子》:

玉炉香,红烛泪,偏照画堂秋思。眉翠薄,鬓云残,夜长衾枕寒。

梧桐树,三更雨,不道离情正苦。一叶叶,一声声,空阶滴到明。

本词从室内物象到室外雨声,从视觉到听觉,从实到虚,营造出一片气氛浓郁的愁境。又如《酒泉子》:

日映纱窗,金鸭小屏山碧。故乡春,烟霭隔,背兰缸。

宿妆怅倚高阁,千里云影薄。草初齐,花又落,燕双飞。

词中用一连串的景语描写了"暮春三月,江南草长,杂花生树,群莺乱飞"的美丽景色,又以此衬托出闺妇思乡而又盼夫的心态,收到了"尽在不言中"的功效,由此而见温词在抒情方面深曲细腻的独到之处。而温庭筠这一类词都从女子的日常生活出发,借助自然景物的组合显出人物的情思,透露出主人公的情感,使词在风格上呈现出绮丽的美感。因此说,与前述唐代以叙事为主的民间词和文人词相比,温词似乎已经达到有意识的把自然景物作为一种媒介、工具,并借助于自然景物来塑造婉美词境的地步。这样一来,温词就在无形中提高了自然景物在词中的地位,虽然这种地位还只是有限的工具化和对象化地位,但景物地位的提高毕竟是温庭筠在词意境创造上的贡献。

与晚唐词人温庭筠齐名的另一位是韦庄。韦庄的词打破了词为艳科的传统,除闺情外还抒写个人真切的乡愁旅思,从而开创了文人词以白描手法直接抒情的新气。如《菩萨蛮》其二:

人人尽说江南好,游人只合江南老。春水碧云天,画船听雨眠。

边人似月,皓腕凝霜雪。未老莫还乡,还乡尽断肠。

全词上阕景,勾画出江南水乡的自然景色,下阕情,直抒思乡之情。虽少了含蓄的意境,但整体语意自然,透出了情真意切之色。花间词人特别是韦庄这种上阕景,下阕情的词的写法可以说是对唐诗上联景、下联情的一种继承,而后来大量词人上阕景、下阕情的写法又是对此的一种发展。在词史上人们把温词和韦词并称,这点不仅说明他们有着一致的词风,代表了密丽、清疏两种意境的形式,而且从情景关系来看,说明以他们为首的花间词人的作品在人与自然关系的处理上有着一致性,即这时的自然景物虽然被词人不断的地描写,但词人还没有意识到从自然景物中体味人生百态,自然景物在词中扮演的角色只是情感表达的一种媒介、工具,写景物是为抒发情感服务的,而非以景物自身为本体。花间词词境中景物的这种工具化地位及其人工化特点的创造、变化是与社会的变化有一定的关系。晚唐动荡的时代阻塞了文人仕进的道路,于是他们潜入内心,开始吟唱一曲情感的歌。这样,作为审美主体的文人们的审美思维发生了变化,这一变化使词并不直接反映社会生活和重大的社会题材,它主要表现人在私生活中的心情和心境,成为一定意义上的"心灵文学"。李泽厚对此曾说:"时代精神不在马上,而在闺房;不在世间,而在心境。"①这样便导致词人对广袤天地的自然景物的审美注意减少,而是转向灯红酒绿的城市生活和城市建筑空间,转向表现相思离别、感春伤秋的情感。因此自然景物在词中始终不能成为被描绘的主要对象,更不可能获得与审美主体平等交流、对话的地位,自然景物在词中只是起辅助表达情感的作用,是情感的陪衬物。又因花间词在传达微妙心绪时目光停留在人工自然上,因而只具有闺阁廊桥间的柔媚,而缺乏来自大自然的雄壮阳刚。

但是韦庄词有时表现他一度作为漂泊者的人生感受,这样其词的空间环

---

① 李泽厚著:《美的历程》,合肥:安徽文艺出版社,1994年,第150页。

境也随之移到他身之所历的江南水乡,如《菩萨蛮》等。同一时期牛峤的《定西番》、毛文锡的《甘州遍》写戍边征夫、破番将军,其空间环境转向"沙飞聚散无定"的"紫塞"边关,欧阳炯、孙光宪词描绘了南国乡村风光,牛希济七首《临江仙》写山神江仙及其环境氛围,这些虽属常规中的变格,但毕竟体现出五代词空间境界的变化,从另一方面则说明这时景物的地位已经得到了不断的提升,而这种景物地位的提升虽未达到最高境界但却为后来词作启示了新的方向。

陈匪石说:"词故言情之作,然但以情言,薄矣。必须融情入景,由景见情。温飞卿之《菩萨蛮》,语语是景,语语皆是情。冯正中《蝶恋花》亦然。此其味之所以醇厚也"①西蜀词人牛希济的词作独具一格,意境优美,融情入景,情景交融。如他的词作《中兴乐》:

池塘暖碧浸晴晖,濛濛柳絮轻飞。红蕊凋来,醉梦还稀。

春云空有雁归,珠帘垂。东风寂寞,恨郎抛掷,泪湿罗衣。

词中池塘暖碧,柳絮轻飞,描绘了一幅春归大地之景,红蕊凋零,则暗示着女主人公青春的流逝,而离人却仍旧未归。"雁子归来"则将物与人相比,"东风寂寞"实际上指出了女主人公的闺中寂寞之情。结尾直接抒发自己对离人的怨恨之情。一切景语皆情语,牛希济将女主人公的相思怨怼之情融入到写景当中,感人至深。而他的词作《生查子》:

春山烟欲收,天澹星稀小。残月脸边明,别泪临清晓。

语已多,情未了,回首犹重道。记得绿罗裙,处处怜芳草。

此词结尾则是以景结情"记得绿罗裙,处处怜芳草",造语清新自然,构思新颖巧妙,情中有景,景中含情,达到了融情入景的极致。唐圭璋《唐宋词简释》:此首写别情。上片别时景,下片别时情。起写烟收星小,是黎明景色。"残月"两句,写晓景尤真切。残月映脸,别泪晶莹并当时人之愁情,都已写出。换

---

①陈匪石著:《旧时月色斋词谭》,南京:江苏古籍出版社,2002年,第212页。

头,记别时言语,悱恻温厚。着末,揭出别后难忘之情,以处处芳草之绿,而联想人罗裙之绿,设想似痴,而情则极挚。

总体而言,整个唐、西蜀词从题材上看,主要还是集中在红袖青丝、玉容蝉鬓,多写女性娇娆情态和婀娜风韵。场景集中在斜桥闺院、江楼水轩等城市建筑空间,以及与这种建筑空间相连的红楼画船、春风杨柳、平湖浅塘等,而且,这些有限的景物描写也只停留在工具化的水平上。但是,与唐代兴起的民间词叙事为主,极少景物描写相比,随着文人词写景比重增大,景物在词中的地位得到了不断的提升。同时,这种景物地位的提升又导致词所营造的意境由直白向秀艳婉约、蕴藉含蓄和"狭小深隐"①的境界生成,并对后来婉约词风的形成具有开启作用。

第二节　五代南唐:景物主体化描写的萌芽与词境的发展

南唐词在题材及词风上与西蜀词表现较为相近。但从冯延巳和李煜的具体作品来看,南唐词和西蜀词在人与自然关系的处理上,以及表现自然景物的手法上又有不同,并由此带来意境营造的不同。

冯延巳的词虽然也以相思离别、风花雪月为题材,但已很少描写生活的具体细节和人物的具体容貌,而专在写景和人物的心境上着力,意境显得格外空灵而有神韵。如《鹊踏枝》:

萧索清秋珠泪坠。枕簟微凉,展转浑无寐。残酒欲醒中夜起,月明如练天如水。

阶下寒声啼络纬。庭树金风,悄悄重门闭。可惜旧欢携手地,思量一夕成憔悴。

---

① 缪钺著:《诗词散论》,上海:上海古籍出版社,1982年,第56-61页。

此词主题是写闺怨,但与花间词一比较就会发现,温词所写的闺怨,偏重于思妇的外貌形态描写,如"鬓云欲度香腮雪"之类;韦词所写,偏重于叙事,如"四月十七,正是去年今日,别君时"之类。而冯延巳则侧重于利用自然景物表达人的心境,类如"杨柳风轻,展尽黄金缕"、"红杏开时,一霎清明雨"(《鹊踏枝》),"风微烟淡雨萧然"(《酒泉子》)等景语就充分显示出这种特色,故而词的意境相当优美、雅致。而这种对自然景物的大量描写与西蜀词人作品中对闺阁水轩等人造建筑空间的描写相比较说明,词的景物描写呈现出新的特征,这就是,南唐已经开始逐步摆脱对闺阁水轩等人造建筑景物的大量描写,走向对自然景物的描写,从而带来了词境以下几个方面的变化:第一,大量的自然景物不但成为人活动的背景,成为情感表达的背景,而且成为被欣赏的对象。如《鹊踏枝》其三:

秋入蛮蕉风半裂,狼藉池塘,雨打疏荷折。绕砌蛩声芳草歇,愁肠学尽丁香结。

短短几句就很概括性地描绘了一副秋风秋雨愁煞人的场景,美丽的芭蕉被风撕裂了,美丽的荷花被雨摧残了,鸣蛩在芳草中凄厉的长鸣,景物是雅致的,这份雅致之景被破坏,更可衬托主人公的愁情。第二,由于新的描写自然景物的方法与其他手法联合使用,使南唐词少了西蜀词的狭小深隐,多了一种宽阔。如《鹊踏枝》其四:"屏上罗衣闲绣缕,一晌关情,忆遍江南路。"他描写眼前的屏障之景,很自然的提到江南风光,让原本容易引发人遐想的江南作为一种模糊的远景衬托。从而拓宽了词本身所表现的空间,形成一种阔远之气。又可见《鹊踏枝》其七:"心若垂杨千万缕,水阔花飞,梦断巫山路。"词中比喻新奇而又形象,以水阔花飞之景来形容主人公的心绪,在这种迷离的场景之中,最终进入一种梦断巫山的境遇。一层层写来,一层层拓深,让读者有着无限的想象空间。冯延巳能够将那种内在的难以诉说的感情,通过比喻、通感等修辞方法,置之于阔远的景物之中,形象的表现出来。开阔的气象借助于景物的选择以及抒情的外化来实现。第三,随着大量自然景物的入词,所营造的意境在宽阔之上更加蕴涵韵味。如《鹊踏枝》：

> 梅落繁枝千万片。犹自多情，学雪随风转。昨夜笙歌容易散，酒醒添得愁无限。
>
> 楼上春山寒四面。过尽征鸿，暮景烟深浅。一晌凭栏人不见，鲛绡掩泪思量遍。

此词从结尾来看，主题是艳情。词中所写梅花本是无情之物，可是在"梅落繁枝"之后，"犹自多情，学雪随风转"，可以说这时的千万片落花已不仅是诗人所见的景物，而且已经成为一种陨落的多情生命了。也就是说冯延巳的词不但利用自然景物来表现忧患之情，而且开始把自然景物视为有生命的对象，深层里注入了一种生命本体的忧思，即对人生短暂、生命有限的体验，从而形成一种"哀美"的意境。第四，也是最重要的一点，通过梅花的"犹自多情，学雪随风转"，自然景物不仅成为审美对象，而且具有了主体化的意义，它标志着五代词境中景物主体化的萌芽。另外，同一时期李璟的《浣溪沙》"青鸟不传云外信，丁香空结雨中愁"等句子表现了同一特征。

五代晚期的南唐词相对于中唐文人词在总体欢乐中流露出的伤感之音，更多的表现出一种忧患意识。冯延巳词的感伤，表达了对于人生的忧患。在此基础上后主李煜更是以巨大的悲感表明了人生的悲凉；而这种巨大的悲感只有到了苏轼才以他超脱、坦荡的世界观予以暂时、相对的摆脱。用词来表现忧患意识，对于加强词的思想深度，营造韵味无穷的意境，造就词的总体上的悲剧性美感是有着不可忽视的作用。总体而言，冯延巳开始把景物视为有生命之物，使景物具有了主体的某些功能，并且，所描写的情感也开始从表现人们对爱欲恋情的追求转到对个体自我的身世之感的抒发以及对于人生忧患意识的表达，这相对于前人来说无疑已经迈上了一个新的台阶。冯延巳开启了南唐词风，影响到了晏殊、欧阳修的雅词的创作。王国维在《人间词话》中则认为，"冯正中词虽不失五代风格，而堂庑特大，开北宋一代风气。"可见其对宋初词坛的影响之大。但是，从情与景的关系而言，王国维并没有认识到冯延巳词中景物主体化描写对后来词坛的影响。在今天我们可以说，冯延巳把景物视为有生命之物，景物主体化描写的迹象，开了词坛以景物的主体性传达词人主体生命意识的先河，并由此影响到了宋词走向情景浑然、物我一体的境界。

李煜的词呈现出一种大开大合之势，富有浑厚、凝重之味，忧患意识表现得更为深广忧愤，如《乌夜啼》：

  林花谢了春红，太匆匆，无奈朝来寒雨晚来风。

  胭脂泪，相留醉，几时重，自是人生长恨水长东。

词中以林花凋谢之速而发，喟叹人生苦短，包蕴了作者对生命流程的理性思考。再如《虞美人》：

  春花秋月何时了，往事知多少？小楼昨夜又东风，故国不堪回首月明中。

  雕阑玉砌应犹在，只是朱颜改。问君能有几多愁，恰似一江春水向东流。

词中词人劈头怨问苍天：春花秋月，年年花开，岁岁月圆，要到什么时候才能完了呢？词人李煜不说自己处境悲苦，因愁难以度日，而是抱怨春花秋月的无尽无休，这样就把情感变得曲折、深幽，显出立意的巧妙。同时，这种迂回曲折的情感表达，使词人的情感更加真切，更有深度。通过对人生和宇宙的秘密进行哲理追问，来表达情感就是一种升华。结句"一江春水向东流"，以水喻愁，把恨引长，真切而又深刻，含蓄地显示出愁思的长流不断，无穷无尽，而在情感的表达上显得曲折、深幽。再从景物的角色和身份来看，由于人与物对话的冲动，如问"春花秋月何时了，往事知多少"这样便赋予了景物主体化的某种意向，表达出了感情在升腾流动中的深度和力度，而情与景的结合又形成了一个协调的艺术整体。再如《浪淘沙令》：

  帘外雨潺潺，春意阑珊。罗衾不耐五更寒。梦里不知身是客，一晌贪欢。

  独自莫凭栏，无限江山，别时容易见时难。流水落花春去也，天上人间。

作者以"帘外雨潺潺，春意阑珊"为郁结的意象，最后爆发出"流水落花春去也，天上人间"的叹息，词人长叹春去水流花落，不知其处。这里的水流花落指春，也兼指人，作者以自然界的变化比喻、象征自身面临的厄运，可以说这时的自然景物在工具化和对象化的同时,充分地情感化了,而景物的情感化是景物主体化意识的萌芽,也是景物主体化的前奏。因此说,李煜词中景物在工具化和对象化的同时,被充分情感化了的变化,才使得李煜的词境除显得阔大之外,又多了浑厚、凝重之味。

通过分析比较可以看出,与前述冯延巳基本一致的是,在南唐,李煜前期或同期的词人,词中描写的场景也主要集中在斜桥闺院、江楼水轩等城市建筑空间,仅把自然景物作为一种工具、媒介来稍许的表现人的喜怒哀乐,而李煜后期的词与冯延巳一样走出了庭院楼阁,不但更多的关注了自然景物,而且把自然作为人生的观照物,在词中把亡国之痛和人事无常的悲叹同时糅合进自然景物,通过自然景物倾吐人生的际遇和人心的欢乐忧愁,在自然的生命中领悟人生,并指向对于宇宙人生的悲剧性体验与认识,增强了其词的情感深度,升华了词的精神境界,从而获得一种言有尽而意无穷的效果。所以说,李煜词在意境的营造上,由于更自觉的把自然景物作为一种对象来描写,以景物的比喻来观照人生,使景物尽可能地与人的情感融合,因而与其他词人相比,他的词境则显得更为深刻,具有他人无法替代的地位。

晚唐五代综合来说,温庭筠词的客观精美;韦庄词的清丽、充满感情;冯延巳词的文雅、忧患;李煜词的怀疑和反思,都各具特色。他们各以其独特风格的创作,一步步拓展与深化了词的意境,为宋词的全面繁荣奠定了基础。而从人与自然的关系来看,晚唐五代时期的词,虽然冯延巳词中已经出现了自然景物主体化描写的迹象,李煜词中也萌发了景物主体化意识,但作为审美客体的自然相对于作为审美主体的人而言,在词中仍然主要地是作为情感表达的一种工具、媒介出现。尽管少量词中的景物描写也向自然山水景物靠近转换,把景物作为描写的对象,并利用景物表达忧患意识以及对人生的哲理性思考,但大多数词中描写的景物侧重于个人化、封闭性的斜桥闺院、江楼水轩等人造建筑空间,所以表达的情感也多为女性的闺怨相思、伤春悲秋之情。不过,由于人与自然关系的变化导致情与景二者之间景物由工具化到对象化,再到主体化萌芽的某些微妙变化,词开始以情景交融的方式呈现出了悠远深长的意境,其词风也由开始的绮丽、缠绵走向清丽和含蓄蕴藉,甚至有的词境开始呈现出阔大浑厚。

第七章　北宋景物主体化趋向与词境的升华

"人禀七情,应物斯感;感物吟志,莫非自然。"(刘勰《文心雕龙·明诗》)文学作品是一种以情动人的东西,它通过打动读者的感情,而使读者获得某种精神上的愉悦。而当词发展到宋代时,随着文人作词的广泛化,词所抒发的情感内涵和抒情方式以及情与景的关系也都发生了一定的变化。缪钺《论宋诗》(《诗词散论》,上海古籍出版社,1982年。)在谈及宋人审美观念时说:"宋代国势之盛,远不及唐,外患频仍,仅谋自守,而因重用文人故,国内清晏,鲜悍将骄兵之祸,是以其时人心,静弱而不雄强,向内收敛而不向外扩发,喜深微而不喜广阔。"这里虽就宋诗言,实际上宋词在这方面表现得更为典型。选材上不避纤细,注重内心世界的开掘,追求细腻和幽深的意境。这种内转和喜深的审美倾向,其成因固然是多方面的,但景物在词中地位的改变必然影响到情的抒发,由此导致词境的变化。词发展到北宋,呈现出了空前的繁荣和纷纭的局面。一方面,词的创作沿着温庭筠所确立的"言情"的审美规范和抒情方式向前运行;另一方面,其他题材、风格的作品又在悄然崛起,并向着多元化的方向发展。

第一节　北宋前期闺阁以外的别样景致与开阔拓展的词境

晚唐五代词从广阔的社会现实误入闺阁，是当时时代风气转向的产物，在闺阁的狭小天地里沉迷了一百多年后，宋初词人开始不满足于在词中仅言儿女私情，他们尝试着从各方面为词这种新兴文体注入新的内容，以适应行情言志的需要。走出闺阁，已经成为某些词人的自觉追求了。在范仲淹的词中，已能见出这种尝试，他存留的三首词中，《苏幕遮》和《御街行》都是传统的写离愁别恨的作品，未脱五代词窠臼，尽管在景物的描摹上，更见工致。而《渔家傲》一首，则是对"闺阁模式"的成功突破，其词上片曰：塞下秋来风景异，衡阳雁去无留意。四面边声连角起。千嶂里，长烟落日孤城闭。此种景致，在晚唐五代词中真是未尝得见，它上接盛唐的边塞诗，而下启苏辛派的豪放词。同样是写秋景，已经不再是"梧桐树，三更雨，不道离情正苦"了，塞下秋景，寄身绮筵绣幌中的公子佳人又何尝梦见？长烟落日的悲壮，取代了芳草斜阳的明秀，词至此境界大开，昭示着在传统的深深庭院外，尚有广阔的艺术天地，亦尚有另一种创作的可能性。宋初词就是在对"闺阁模式"的因循与突破中缓慢发展的，庭院内的满园春色已经不能满足词人的审美趣味了，于是便有了走出闺阁的最初尝试，他们也确实看到了闺阁以外的别样景致。然而这种突破却是十分有限的。

魏晋之后，随着隐逸之风的盛行，士大夫阶层大都以山林为乐土，出现了大量描写山水的诗句。山水诗的出现，意味着人与自然进一步的沟通与和谐，标志着一种新的自然审美观念和审美趣味的产生。而自安史之乱后，唐王朝由极盛走向了衰落。朝廷之中，出现了牛李党争、宦官专权、藩镇割据，这使当时的文人们常感到身心焦灼忧虑、疲惫不堪。到了宋代，统治者虽然采取优待文官的策略，文人的境遇有所改善，但在高度的中央集权制度下，士人的精神自由受到严重束缚和摧残。另外，两宋党争激烈，动辄得咎，贬谪现象极为普遍，所以当士人们在现实生活中郁郁不得志时，便往往转向从自然山水中获得精神慰藉和解脱。宋代文人继承并大力发扬了前代文人向往自然、倾心林泉的精神文化传统，走进自然，与山水交友，日常可见的山水景观是词作创作的最佳题材，创作了大量山水词。宋代词人们以一种悠闲的心境来观察自然、欣赏生态，自然山水的纯朴、清净能够砥砺词人的道德本性，净化词人的灵魂，启迪词人的智慧。自然界景物进入人的心灵，使人感到心旷神怡，暂时忘却一己之哀乐，而与万物融为一体。词人从自然的本然状态中体悟到了人生的真谛所在，从而获得一种恬淡平和的心境。如潘阆《酒泉子》其四：

长忆西湖，尽日凭阑楼上望，三三两两钓鱼舟，岛屿正清秋。

笛声依约芦花里，白鸟成行忽惊起。别来闲整钓鱼竿，思入水云寒。

全词纯用白描，不饰彩绘，清幽而又淡远，是一幅淡墨勾勒的山水画。欧阳修的《酒泉子》其一：

轻舟短棹西湖好，绿水逶迤，芳草长堤，隐隐笙歌处处随。

无风水面琉璃滑，不觉船移，微动涟漪，惊起沙禽掠岸飞。

此词以轻松优美的笔调写湖上春景，境界清幽静谧，风格清新淡雅。

北宋初期晏殊承南唐词风的雅词创作，很有特色。如《浣溪沙》：

一曲新词酒一杯，去年天气旧亭台。夕阳西下几时回？

无可奈何花落去，似曾相识燕归来。小园香径独徘徊。

王国维在《人间词话》中指出："词以境界为上，有境界自成高格，自有名句。五代北宋之所以独绝者在此。"词中落花、归燕是眼前景，是作者描绘的对象，但一经与"无可奈何""似曾相识"相联系，它们的角色和身份便发生了变化，跟人的主体意识更为接近，仿佛已有了人的意识和人的情感。花的凋落，春的消逝，如同人生时光的流逝，都是不可抗拒的自然规律，虽然惋惜流连也无济于事，所以说"无可奈何"，惋惜中蕴含着某种生活哲理，生活哲理中又浸润着人的生命情感:一切必然要消逝的美好事物都无法阻止其消逝;这种消逝又是多么令人感怀!同样,归燕的"似曾相识",也使得景物不仅超越了直接表达出美好事物、生活不会消逝而变得一片虚无的人生哲思,而且进一步拉近了与人的距离,甚至几欲合而为一。这首词再从景和情的关系来分析,摒弃了对于恋情场景的一般性描写,而是由眼前景——夕阳西下引出对美好景物情事的怅惘、流连和希望,这是一种"即景抒情"。但作者所感已不限于眼前的情事,而是扩展到整个人生,其中不仅有理念活动,而且包含着某种哲理性的沉思,即夕阳西下,可以寄希望于它的东升再现,而时光的流逝、人事的变更,却再也无法重复,这又变成了"移情入景",从而整首词达到"情景交融"。这在意境的营造来说,由于景物角色由纯粹的对象和工具开始向主体的转变,使词在"景中有情"的基础上又生出"情中有思",则使词的意境显得格外深厚和耐人寻味。

晏几道把令词的成就推向了一个新的高度。他的词出现了热恋情绪与伤感情绪交织于一体、富贵气度与冷落景况混杂于一起的斑驳色彩。他营造意境主要以追忆的手法入手,并敞开内心的创伤以感情外射于物来反照内心的悲感。如《临江仙》:

梦后楼台高锁,酒醒帘幕低垂,去年春恨却来时。落花人独立,微雨燕双飞。

记得小蘋初见,两重心字罗衣。琵琶弦上说相思。当时明月在,曾照彩云归。

词中所写的"落花""微雨""飞燕",它们既是极清美的景色,却又在与人的相处、相亲、留恋顾盼中有了人的情感性,因而其意蕴就远远超出了某种象征意义。从意境的营造说,全词用追忆的手法以昔日的繁华对比今日的冷清,以昔日的多情映衬今日的凄凉。这样便表现出一种昔日的"有"和今日的"无"相生,形成一种虚实相生的、以虚境衬实境的意境。晏几道的词境大多就是一种主观性、情绪性很强的"有我之境",他把无限深情的内心世界、强烈的主观色彩渗入自然景物的音容声态之中，形成主观到客观，再由客观到主观的一种交流、互动，在意境的表现上显得深厚有韵味。再如《蝶恋花》：

  碧草池塘春又晚，小叶风娇，尚学蛾妆浅。双燕来时还念远，珠帘绣户杨花满。

  绿柱频移绂易断，细看秦筝，正似人情短。一步啼乌心绪乱，红颜暗与流年换。

此词描写的自然景物，处处都浸染了作者的主观情绪。王国维在《人间词话》中说"有我之境，以我观物，故物皆著我之色彩。"因此我们可以说，晏几道在词的意境的营造上不但继承了前人情景交融、虚实相生、含蓄的特点，创造出了静态的美的意境，又偏多的表现出一种动态美的意境。而从词的具体内容来说，此时景物与人的关系进一步拉近，景物与人的亲和关系进一步加强，景物情化的色彩更浓，哲思也在情景交融中更加突显。而人与自然的这种和谐，情景的此种交融，成为主体化景物描写的前提，也为后来词的景物主体化描写作一种准备或过渡。

  晏殊词与冯延巳词相比较，在意境的营造方面总体而言是相似的。他们已经很少描写女性生活的具体细节和具体容貌，都以大量的自然景物入词，结合人物的心境、情感着力，构造一种情景交融的氛围，并在此基础上扩展到对整个人生，乃至宇宙的某种哲理性的沉思。但仔细比较又有不同，冯延巳词对大量的自然景物的描写大多侧重于偏凉的色彩，比如"云雨已荒凉，江南春草长""秣陵江上多离别，雨晴芳草烟深""雨罢寒生，一夜西窗梦不成"等等，这些优美旖旎却带有凉感的自然景物和词情中表达的忧患意识及伤感情绪，正好融合成了和谐的统一体，使全词形成一种"哀美"的意境。而晏殊词所选择的意象大多是美而雅、丽而淡的自然景物，稍偏重于暖色调，如《清平乐》：

  金风细细，叶叶梧桐坠。绿酒初尝人易醉，一枕小窗浓睡。

  紫薇朱槿花残，斜阳却照栏杆。双燕欲归时节，银屏昨夜微寒。

  这首词以金风、梧叶、紫薇、朱槿、小窗、银屏等雅丽的意象作为背景，再进一步展现那飞入阁内的双燕和绿酒初醉的"睡美人"表现出一种富贵闲雅的气度。词中细细的金风,飒飒的梧叶,缓缓西下的夕阳,轻轻飘落的残花,都给人一种细、小、轻、缓的心理感受,使人得到一种熨帖、舒徐的美感享受,并使全词形成一种圆融平静的意境。

因此也可以说,晏殊词与冯延巳词的创作实际上代表着营造意境的两种方法,一种是选择以冷色调的自然景物表达忧患意识及伤感情绪,这可以理解为我们通常所说的"以哀景衬哀情"。另一种是选择暖色调的自然景物来营造意境,此可以理解为"以乐景衬哀情"。同时可以看到,此时他们的词作开始以更优美的姿态来吟咏大自然的风情万物,以更细腻的抒情,表现人的伤感、婉约的审美心理及情趣。并且都创造了一种情景交融的意境。

柳永词的成功要诀在于善于组织景语并使情景交织在一体。如《雨霖铃》：

> 寒蝉凄切。对长亭晚,骤雨初歇。都门帐饮无绪,留恋处、兰舟催发。执手相看泪眼,竟无语凝噎。念去去、千里烟波,暮霭沉沉楚天阔。
>
> 多情自古伤离别,更那堪冷落清秋节!今宵酒醒何处?杨柳岸、晓风残月。此去经年,应是良辰好景虚设。便纵有千种风情,更与何人说?

词的开头通过写景构筑了一种浓厚的离别气氛,很明显景物在这里起到了一个背景的作用,为离人的出场铺垫了凄楚哽咽的伤感情调。"兰舟催发"作者不提船公,而是以物代人,物由此又起到主体化的功能,而饯别之景,与青楼画阁的繁华之景,又形成虚实相照,增加了凄凉之感。"念去去、千里烟波,暮霭沉沉楚天阔"是设想景色,虚景,但为情的背景,起工具性作用。"杨柳岸、晓风残月""景语"句承在"多情自古伤离别"的"情语"之后,使人在情与景之间反复徘徊,以景显意,把日常生活的悲剧转化为"美"的境界。不难看出,由于慢词句数多、体式大,可以使词人从容的铺叙,多层次多侧面的写景,达到情景交融、虚实相生的意境。我们可以肯定的说，柳永的《雨霖铃》是一首意境型的好词，因为在词中景物的工具化、对象化、主体化繁复交错，多维度、多视角地展示了外部景物世界和诗人的内部心灵世界，呈现出言不尽、理不清、道不明的意象和意绪，产生了弦外音、味外味的接受效果。

柳永词，从内容上看，有相当一部分是描写羁旅行役、离别相思之词。一些羁旅词已将词的场景从画楼绣户、重帘复幕之下位移到了庭院之外，开阔了词境，扩大了词的抒写范围。如《曲玉管》：

陇首云飞，江边日晚，烟波满目凭阑久。一望关河萧索，千里清秋，忍凝眸？杳杳神京，盈盈仙子，别来锦字终难偶。断雁无凭，冉冉飞下汀洲、思悠悠。

暗想当初，有多少、幽欢佳会；岂知聚散难期，翻成雨恨云愁。阻追游，每登山临水，惹起平生心事，一场消黯，永日无言，却下层楼。

借这样一幅羁旅凭栏的场景来表现自己只身在外的萧索意绪。又如《夜半乐》：

冻云黯淡天气，扁舟一叶，乘兴离江渚。渡万壑千岩，越溪深处。怒涛渐息，樵风乍起，更闻商旅相呼，片帆高举。泛画鹢、翩翩过南浦。

望中酒旆闪闪，一簇烟村，数行霜树。残日下、渔人鸣榔归去。败荷零落，衰柳掩映，岸边两两三三、浣纱游女。

这首词从主人公离开的场景继而写到在旅途中逐次看到的场景，在整体上给我们清晰呈现了词人乘舟旅行的画面，同时我们也正是由这些场景体会到了其旅行中真切细微的感受和意绪。但是，如果将他的羁旅行役词与韦庄、欧阳修等人同类的作品比较，就不难发现，柳永以前的词人写羁旅行役、离别情绪的词，几乎千篇一律地是以女子的口吻，或主要从女子的角度来写的，有的是直接描写艳情，有的是通过女子的情思无意流露或曲折表达词人自己的思想感情。这样的词常带有一种脂粉气，词的意境相对狭小。而柳永把词的抒情取向转移到自我独特的人生体验上来,直接表现自我的情感、心态和喜怒哀乐。词的抒情主人公也就由深闺女子变为天涯游子,词的写作角度从着重表现女子的善感变为着重表现词人自己身世的零落、前途的渺茫。如《八声甘州》:

> 对萧萧暮雨洒江天,一番洗清秋。渐霜风凄紧,关河冷落,残照当楼。是处红衰翠减,苒苒物华休。惟有长江水,无语东流。
> 不忍登高临远,望故乡邈渺,归思难收。叹年来踪迹,何事苦淹留。想佳人妆楼颙望,误几回天际识归舟。争知我,倚栏干处,正凭凝眸。

这首词中"登高临远"的是词作者,"想佳人"的也是词作者。词中以自己的语言写自己的感受,直抒胸臆,这在叙事角度上是一大开拓,但同时带来的是意境的含蓄不够、内蕴不深的缺点。而词中的主体形象发生转换时,却带来了作为审美客体的自然景物地位的改变,相对于晚唐五代及北宋前期的一些词把自然景物作为抒情的工具、媒介来讲,词至柳永,自然景物已经作为一种审美对象、甚至审美主体出现在词中,词人开始把自己的生命活动注入到自然中去,使人在自然中看到自己,达到物我情感上的交流。如"惟有长江水,无语东流""愁云恨雨两牵萦,新春残腊相催逼"(《归朝欢》)等。与此同时,由于景物地位的改变,人与自然关系的进一步拉近,词在情感的描写上也完成了从表现爱欲恋情到个体自我身世之感及自我独有的生命意识的转变。

柳永在慢词方面做出了独特的贡献。慢词的出现,使写景、抒情有了较大的容纳空间。慢词与小令相比较,慢词能反映和抒写更多的生活场景和感情内容,对所表现的情态,能做充分的发挥和渲染,达到"状难状之景,达难达之情"(冯煦《宋六十一家词选例言》)之境地。在柳永《乐章集》的 200 多首词作当中,很大一部分以 1/3 的篇幅写景,少量一部分以 2/3 的篇幅写景,个别篇目则几乎全是写景,仅用个别的议论句或叙述句加以连接而已。诸如《曲玉管·陇首飞云》《采莲令·月华收》《少年游·长安古道马迟迟》《八声甘州·对潇潇暮雨》《望海潮·东南形胜》等等,都是大面积写景。很显然,柳永把景物的描写摆放在词作创制的突出位置上,让自己的感情寄托于情景之中,从而起到了情景相依、情景相生的作用。《戚氏》一篇主要抒发在孤馆中的幽情和"未名未禄"的思想感慨,全词42句,便以20句的篇幅写景;《夜半乐·冻云暗淡天气》共31句,20句写景;《望海潮》23句,18句写钱塘景色;《少年游》10句,5句写景。这样的写景比重,是小令所不及的,词的体裁由小令发展到慢词,词人可以对自然景物进行大量的描写,这样使情与景的相依成为可能,而慢词的发展又进一步推动词人从自然景物中体味世事沧桑,从而人与自然的关系进一步融合,奠定景物主体化描写的基础。可以说柳永词作的审美空间逐渐由人造建筑空间移到了自然山水空间,生活场景由私向化、封闭性的闺房绣户、青楼妓馆移到了社会化、开放性的都城市井。而当西北的千里关河、吴越的云涛烟浪、江南的万壑千岩、楚淮的乡村山水等自然山水空间,象流动变换的镜头一一展现于词的世界时,词的审美空间和艺术境界都得到了空前的拓展。

第二节 北宋中期景物描写的多元变迁与情景浑融的词境

词在晚唐五代的"闺阁模式"中徘徊了几百年,"梨花院落溶溶月,柳絮池塘淡淡风",这样的景致固然富丽精工,然而受那一方院落的局限,词人眼前所见,无非杨柳啊,秋千啊,梧桐啊,池塘啊等风物,景物的类别既极有限,作者日多,也就日渐模式化。同时,在写了几百年闺阁生活后,词的发展日益僵化,词人必须在这种旧形式中注入新内容,才能使词这种文体日久弥新。开拓词境,用词去表现更广阔的生活图景,是词人不得不作出的抉择。从景物描写类别的变迁上,正可看出词人在开拓词境上所作的探索。由是,景物的类别日渐多元化,从庭院之景逐渐走向自然之景,而词境亦因此而日益扩大了。

词境的开拓,为词的发展开辟了广阔的道路。特别是苏拭的"以诗为词",

打破了时人以诗言志、以词言情的偏见,把诗的创作手法融入到词的创作中,以写诗的宽阔视角来写词。这一做法打破了词只写儿女私情、离愁别绪的狭隘范围,突破了"词为艳科"的樊笼,使词从缠绵悱恻,依红偎绿的"浅斟低唱"中解放出来,开始反映现实生活的多个方面,拓展了词的创作领域,提高了词的创作格调,刘熙载《艺概》卷四中就这样说道:"东坡词颇似老杜诗,以其无意不可入,无事不可言也。"王灼《碧鸡漫志》云:"东坡先生非心醉于音律者,偶尔作歌,指出向上一路,新天下耳目,弄笔者始知自振。"这种新的词风当时便产生了很大影响。

苏轼的词作,大凡写景、抒情都表现出了作者广阔的视野和独特的生活见解。他选择的意象,言山常常是雄奇伟丽的高山,言水往往是奔腾壮阔的大河,述古常常是叱咤风云、不可一世的英雄,论今往往是声震寰宇的人杰;在修辞方法取用上,常常是跌宕不羁的夸张手法,让天地万象为我所用,为我而变形;在时空创造上,有似刘勰《文心雕龙》所言,"寂然凝虑,思接千载;悄然动容,视通万里"。而从人与自然的关系来说,苏轼常常把观照自然山水与对历史、人生的沉思结合起来。使词的空间境界融注了主体的人生感慨和历史变迁感,从而丰富升华了词的审美空间。如《念奴娇·赤壁怀古》:"大江东去,浪淘尽,千古风流人物。"一词之内融景物、人事感叹、哲理于一体。而又由于即景抒情和情景交融手法的交错互用,全词意境既大气磅礴,昂扬勃发,又雄浑苍凉,韵味深长。

苏轼的作品中,"山水空间与主体自我的心灵世界是一种神交契合、同化合一的关系,他常把自然山水空间纳入主体的心灵空间进行重构,以表现主体忘怀物我、超然自适的人生态度,在大自然和谐宁静的状态中获得痛苦的解脱,灵魂的静化。"[①]如《水龙吟》:

[①]王兆鹏:《唐宋词的审美层次及其嬗变》,《文学遗产》,1994年,第1期。

似花还似非花，也无人惜从教坠。抛家傍路，思量却是，无情有思。萦损柔肠，困酣娇眼，欲开还闭。梦随风万里，寻郎去处，又还被，莺呼起。

　　不恨此花飞尽，恨西园，落红难缀。晓来雨过，遗踪何在，一池萍碎。春色三分，二分尘土，一分流水。细看来，不是杨花，点点是离人泪。

　　全词物象载着情感如织锦回环，围绕中心，反复缠绕，多方映射，达到物尽、事尽而意无穷，全面地展现了杨花的神态，表明了作者自己的心曲。苏词的成功之处，就在于恰好地处理了物我关系，达到了景与情完美的融合，在赋予景物情感的同时，又赋予景物主体的意识和行为，不仅使有限的字句具有了更多表现空间，而且通过杨花自飘自落，彷徨无依，凄凉冷清的形象，把思念之情表达得委婉曲折，更富有人情味和情感深度，形成一种立体化的深度写作，营造出幽愁凄苦的意境。而如果我们把苏轼与柳永进行比较则会发现，在人与自然的关系中，柳词或是"客观"地描状、再现自然山水的美丽图景，或是借自然山水来烘托、映衬自我羁旅行役的孤独苦闷，作者自身主要站立在自然山水的旁边，观照大自然的外在图景。而苏轼是将自身放在自然山水的里面，体悟大自然内在的生命律动。实际也可以说明，这个时期自我开始化入大自然之中，自然景物不完全作为一种审美对象出现在词中，景物描写的主体化趋势明显，并出现了物我交融的局面。

　　苏轼除抒发怀古、志向及个人情感和人生哲理的作品外。他的描绘田园景色和农村风光的写景之作，在晚唐五代词的基础上开辟了词作的新境界。大量的田园景色和农村风光词出现了写景与写情的"不隔与自然"，可以说明自然景物开始脱离工具化阶段，真正进入了对象化阶段，虽然与景物的主体化有一定差距，但苏轼农村词意境的清新开阔和含蓄隽永是可以肯定的。

　　与前代词人相比，苏轼词的风格呈多样性、多重性，但总体而言，是寄悲慨于雄放飘逸之外，寓旷远于清丽婉曲之中。也就是说，由于人与自然关系的进一步融合,在情感的表达上,苏轼继承了柳永以男子为主人公,抒发自我情感的写作方法,并将之进一步开拓发展,把自然山水与对历史、人生的沉思结合起来。使词的审美趣味由女性化的柔软艳丽之美变为男性的刚健豪放之美;在词的空间境界融注主体的人生感慨和历史变迁感,使词由抒发个体自我的身世之感转到了对政治的忧患意识与宇宙人生哲思的表达,在意境上呈现雄浑壮阔。也由于人与自然关系的进一步融合,他的词作中出现田园景色和农村风光的写景之作,使自然景物完全作为一种审美对象出现在词中,并把自我化入大自然之中,出现了物我交融的局面。而从意境的营造来说,田园景色和农村风光的入词,使词没有了哀情愁绪,多了对生活的真切热爱,词的意境走向清丽婉约,少了缠绵、凝重以及雄浑壮阔。

到了周邦彦,"前收苏、秦之终,后开姜、史之始",①成为北宋词坛集大成的词家。在词的技法上,他确实是空前绝后的,传统的慢词到他手中已是尽态极妍,不仅大大发展了柳永的铺叙法,而且周邦彦词缜密典丽,浑厚和雅,形成独具一格的"清真范式"。其中重要的一个特点便是在词末以景结情,以景写情。《瑞龙吟》"归骑晚,纤纤池塘飞雨,断肠院落,一帘风絮。"有今而无昔。今之惆怅和昔之游乐成一鲜明对照。词在时间上就是这样似断似续,伤春意绪却是联绵不断。词又是一起写景,一结写景。一起静景,一结动景。花柳风光中人具有无限惆怅,是以美景衬托出感伤,所以极为深厚。加以章法上的实写、虚写、虚实穿插进行,显出变化多端,使这首词极为沉郁顿挫而得到词中之三昧。其他还如《过秦楼》以"明河影下"与"稀星数点"之意象和景象作结,顿有空旷寥落之感。还有如《浪淘沙》,刚直接道完"恨春去,不与人期",却突然戛然而止,不再直抒胸臆,而是"弄夜色,空余满地梨花雪",梨落满地殇的情感被描摹得空茫而凄丽,无限怅惋之情蕴含其中。周邦彦的词婉转优雅,他不作宣泄语,而将内心的情感寄托于意象之上,通过意象的各种组合来传达

---

① 陈廷焯著,杜维沫点校:《白雨斋词话》,北京:人民文学出版社,2006年,第16页。

自我的情感，含蓄蕴藉，风流自出。周邦彦喜用一个动词将前后两个意象相连，动静皆宜，动中有静，静中有动，尤其其词中的动态美，更让人感受到了灵动的生命之美。如"海霞接日""晴岚低楚甸""晴风吹草""红翻水面""青摇山脚""快风一瞬收残雨""浓霭迷岸草""骤雨鸣池沼""珠网粘飞絮"等等，将意象写活，境界托出，令人感到大自然灵动的生命力。当然，周邦彦还善于将动态意象与静态意象相结合，动静皆宜，甚至以动写静或以静写动，相得益彰。如《诉衷情》写道"落花闲"，花落为动态，但词人着以"闲"字，使动态之景变缓，而后着一句"雨斑斑"，为静景，此时动景"落花"与静影"雨斑"皆融于一幅画中，动静皆宜。再如《念奴娇》"一声啼鸟"与"幽斋岑寂"相形，以动写静，正有"鸟鸣山更幽"之意。还如《应天长》中的"条风布暖"与"霏雾弄晴"两句皆是化静为动，通过拟人的手法将风与雾皆动态化，写出了春天正悄悄地来临。清真词以浓郁缠绵的情感与体物的工巧使词达到情境浑融的艺术境界。王世贞认为周邦彦"能作景语，不能作情语。"殊不知，"景语皆情语也。"能写真景物者，才能有真境界。周词以写景的真妙和情感的纯真使词达到情境浑融的艺术境界。例如：

(1)今年对花最匆匆，相逢似有恨，依依愁悴。(《花犯·梅花》)

(2)素肌应怯余寒，艳阳占立青芜地。(《水龙吟·梨花》)

(3)亚帘拢半湿，一枝在手，偏勾引、黄昏泪。(《水龙吟·梨花》)

(4)但蜂媒蝶使，时叩窗隔。(《六丑·蔷薇谢后作》)

(5)长条故惹行客，似牵衣待话，别情无极。(《六丑·蔷薇谢后作》)

(6)终不似，一朵钗头颤袅，向人欹侧。(《六丑·蔷薇谢后作》)

(7)隋堤上，曾见几番，拂水飘绵送行客。(《兰陵王·柳》)

(8)舞困低迷如著酒，乱丝偏入游人手。(《蝶恋花·柳》)

(9)记得长条垂鹭首，别离情味还依旧。(《蝶恋花·柳》)

第(1)例，"有恨""愁悴"，本皆指人的情绪、情感，在这里兼指梅花，即我苦于行役，故与梅花匆匆相对，我有恨，梅花亦似有恨，我愁悴，梅花亦"依依愁悴",故既以花拟人,又移情于花,是拟人与移情的结合。第(2)例"素肌应怯余寒",从字面看是写佳人不禁料峭春寒,实写梨花渐渐绽开,似怯于料峭春寒。第(3)例花枝而"勾引"词人几点清泪,则梨花俨然有情。第(4)(5)(6)例为清真词中最著名的名句。(4)句前后设问"多情更谁追惜",自答曰"蜂媒蝶使,时叩窗隔"。通过有灵性的蜂蝶人性化的"叩窗隔"来表现对花的喜爱,提醒人们要惜花、爱花。"长条"者,蔷薇谢后之青藤,"故惹行客",即此藤在微风中袅袅颤动,如向行客招摇致意,"似牵衣待话,别情无极",作者于此残春,凭吊已残之蔷薇,无限伤离意绪萦绕于心,而此时长条却袅娜摇曳,俨然如有情之人,不愿我轻易离去,物实际上已经具有了我之情感、意绪,于是物之形象、情态已为呼出,我之情绪亦借此传达。"钗头颤袅,向人欹侧"句,虽系虚想之辞,亦与此同一机杼。以下(7)(8)(9)例虽不似(4)(5)(6)三例那样能激起人心灵的颤动。拟人与移情相结合的表现手法更加精妙明显的表现出景物主体化的特性。同时,周邦彦的咏物词以思虑缜密见长,重视时空景情的交织而作细密的安排,虚实并举,形神兼备,注意借物来抒发自己的情怀。这不但标志着宋人咏物词的技艺已走向成熟,为南宋咏物词的大量出现奠定了良好基础。而且更为南宋词中景物主体性描写的篇章化起到了推波助澜的作用。

　　词从民间流传到文人创作,自晚唐五代开始,逐渐沦为文人词客娱宾遣兴、聊佐清欢的工具。胡寅《题酒边词》云:"方之曲艺,犹不逮焉,其去曲礼则益远矣。然文章豪放之士,鲜不寄意于此者,随亦自扫其迹,曰谑浪游戏而已也。"说明词最初在文人手中,只是被用于娱乐,而非如诗如文那样被当作抒情言志的手段,因此词的地位很低。北宋中期,欧、晏等人虽仍继承这种词学观,但在创作中已经加入了忧生用世的内容,其他文人如范仲淹的《渔家傲》《剔银灯》、苏舜钦的《水调歌头》、沈唐的《望海潮》、王安石的《桂枝香·金陵怀古》等,内容突破了花草风月、美人歌舞的范围,而拓展到边塞风光、军旅生活、凭吊史迹、抒发情志等方面。可以说,从宋初的晏欧到柳永,再到苏拭,词逐渐从晚唐五代的闺阁中走出,词境亦开拓到足与诗境比肩的程度。词中的景物描写,已经不限于那一方庭院,而扩展到自然的山山水水,这也为词的发展开辟了一个新的境界。

第三节 北宋后期景物主体化的逐步形成与物我交融的词境

在意境隽永的抒情作品中,"一切景语皆情语也"。景物是有形的,情思是无形的,化情思为景物,就是移情入景,以形显神,情景交融。景物是情思化了的景物,情思是景物化了的情思。文学艺术本身就是对象人化和人的本质力量又卖象化的结果。贺铸的《青玉案》词:

凌波不过横塘路,但目送芳尘去。锦瑟年华谁与度?月桥花院,锁窗朱户,只有春知处。

碧云冉冉蘅皋暮,彩笔新题断肠句。试问闲愁都几许?一川烟草,满城风絮,梅子黄时雨。

"试问闲愁都几许",浅浅一问,闲愁无限。成为千古绝唱,典型的化情思为景物者。它回答了"闲愁都几许",把抽象的难以名状的愁绪化为三种景物、三个意象、三个比喻,使之具体化、形象化,构成迷迷茫茫的意境。"一川烟草",言闲愁之连绵无际;"满城风絮",喻闲愁之杂乱纷呈;"梅子黄时雨",比闲愁之绵绵不休。三个意象分别作为喻体或象征物,将主观的闲愁的每一个方面的特征客观化,成为易于感知的艺术形象。含蓄委婉,意味深长。品读全词,但觉忧思绵绵,满怀怅惘。全词心与物共,意与境浑,景生情,情化景,韵致精深,生动优美。

清人周济在《宋四家词选》中评介贺铸《薄幸》一词说:"耆卿于写景中见情,故淡远;方回于言情中布景,故秾至。"他又在《介存斋论词杂著》中说:"耆卿熔情入景,故淡远,方回熔景入情,故秾丽。"这里表面看来是谈柳、贺两家词风上的差异,实际上也谈了情景关系处理的两种不同方法:一种是融情入景,指作者在创作时把先前饱藏于胸中的某种感情,外射到所描写的景物之中,使所描写的景物渗透着某种主观感情色彩,从而生成意境;一种是融景入情,即把景物的描写穿插、融汇到抒情线索中,景随情现。贺词著意写情,故景从情生。随着词的题材的扩大和内容的繁富,为了更好地在自己的作品中表现出更多的主观因素,适应自己广泛反映现实的需要,贺词较多的运用"情中布景"的手段。如:

信人间、自古销魂处,指红尘北道,碧波南浦,黄叶西风。(《国门东》)

谁怜今夜蓬船雨,何处渔村。酒冷灯昏,不许愁人不断魂。(《罗敷歌》)

楼下会看细柳,正摇落清霜拂画檐。树犹如此,人何以堪。(《楼下柳》)

断桥孤骚,冷云黄叶,想见长安道。(《御街行》)

这些词写来无不亦情亦景,亦虚亦实,贺词的"融景入情"不仅仅是"情中布景",以景衬情,把景物作为对感情的典型化形象化,他还常常运用赋情于景的手法,使景物具有灵性而直接与人的情感相通。这样情景相融,更臻化境,通过抒情线索和对感情的形象化来形成作品的意境。如《浣溪沙》云:"归卧文园犹带酒,柳花飞度画堂阴,只凭双燕话春心。"近人况周颐谓:"柳花句融景入情,丰神独绝。"(《香海棠馆词话》)《小重山》之二结句云:"坠钿残燎水堂关,斜阳里,双燕伴人闲。"《宋词选释》评其"颇高浑,有五代遗意"词人可以令日月有知,其《鸳鸯梦》词云:"斜阳如有意,偏傍小窗明。"《浪淘沙》词云:"可怜谁会两心期?惟有画帘斜月见,应共人知。"词人还可以令芳草、树木生情,其《怨三三》云:"对梦雨帘纤,愁随芳草,绿遍江南。"《鹤冲天》云:"不似长亭柳,舞风眠雨,伴我一春消瘦。"贺铸词由于"熔景入情",天地万物在词人笔下都可以生出情思,景语亦即情语,使词人的情感表现更加形象,极大地拓展了词人表情达意的广度和深度。贺铸咏荷词《踏莎行》:

杨柳回塘,鸳鸯别浦,绿萍涨断莲舟路。断无蜂蝶慕幽香,红衣脱尽芳心苦。

返照迎潮,行云带雨,依依似与骚人语:当年不肯嫁春风,无端却被秋风误!

词中"红衣脱尽芳心苦"句中,"红衣""芳心",都明显是景物的主体化。整句既切合荷花的形态和开花结实过程,又非常自然地绾合了人的处境命运。形神兼备,虚实结合,将词人内心的情感表达得极为动人。"当年不肯嫁春风,无端却被秋风误"句中既有荷花有对"秋风"的埋怨,也有自怨自怜的感情,而言外又隐含为命运所播弄的嗟叹,可谓恨、悔、怨、嗟,一时交并,荷花、美人与词人三位而一体,咏物、拟人与自寓完美结合。全词处处不离荷花的物性,又处处在写人。景物的主体化得到全面彰显。

北宋后期,较为突出的是秦观。秦观融和了前代婉约词的长处,创造了一种雅俗共赏,既含蓄又明畅的"情韵兼胜"(《四库提要》评语)的新型词风。对此如从婉约词的总体发展来看,早期的婉约词,是专写艳遇、离情、绮怨之内容,柳词在写离情的同时又抒发了自己不甚得意的漂泊之感,苏词则用开放的词风写政治感慨和人生哲理,而到了秦观,是在婉约和艳词的传统风格中,倾注了有关政治境遇、身世遭遇的人生感触。因此,秦观的婉约词中,突显了一种比一般艳情较为深广的感情内容。如《浣溪沙》:

漠漠轻寒上小楼,晓阴无赖似穷秋。淡烟流水画屏幽。

自在飞花轻似梦,无边丝雨细如愁。宝帘闲挂小银钩。

全词写的自然景物都显轻、淡、柔、细,人的心境意绪弥漫于自然景物之中,情感表现的含蓄蕴藉、窈深幽约,呈现出韵味无穷。再如《踏莎行》:

雾失楼台,月迷津渡,桃源望断无寻处。可堪孤馆闭春寒,杜鹃声里斜阳暮。

驿寄梅花,鱼传尺素,砌成此恨无重数。郴江幸自绕郴山,为谁流下潇湘去?

词的结尾两句表层是即景抒情,写词人纵目郴江,抒发远望怀乡之思,但当读"为谁流下潇湘去"对郴江诘问时,可以说正是作者对自己命运的反躬自问。这便实现了主体间的交流对话,而这种交流对话意味着审美主客体双方你中有我,我中有你,审美主体不仅能够在审美对象上"直观自身",而且审美对象本身也能领悟和认同主体。这首词最佳处也在于景物的主体性存在,使词产生了韵味无穷的意境。秦观的词与柳永的词相比较,仍以铺叙为主,但在关键的地方,却插入含蓄优美的景语,使感情在蕴藉的境界中渗透出来。犹如李白的诗"孤帆远影碧空尽,唯见长江天际流"的抒情,显得韵味无穷。

综合来看,北宋阶段,人与自然的关系进一步融合,景物描写呈现主体化趋势。首先,词中描写的景物不仅从狭小的城市人造建筑空间延伸到广漠的大自然,而且更拓展向历史的时空。词已不局限于女性封闭狭小的生活场景,而是延伸到男性士大夫开放性的远大空间。特别是描绘田园景色和农村风光的写景之作,使自然景物完全作为一种审美对象出现在词中,并把自我化入大自然之中,出现了物我交融的局面。其次,从体裁说,慢词的出现,使写景、抒情有了较大的容纳空间。与小令相比较,慢词能抒写更多的景物和感情内容,对所表现的情与景,能做充分的发挥和渲染。可以说词的体裁由小令发展到了慢词,又进一步推动了景物主体化描写。第三,有关景物描写的词的数量增多,根据许伯卿的统计[①],北宋前期的969首词,写景词84首,占8.67%;北宋中期的2226首词,写景词226首,占10.15%;北宋后期的1244首词,写景词180首,占14.47%。比较三个时期,景物的描写在数量上呈现上升趋势。第四,北宋时期词中的自然景物不仅已从五代时期的工具成为一种审美对象,而且更为重要的是景物主体化的句子大量地出现在词中。如欧阳修的"泪眼向花花不语,乱红飞过秋千去"(《蝶恋花》),晏殊的"细草愁烟,幽花怯秀"(《踏莎行》),"槛菊愁烟兰泣露"(《蝶恋花》),黄庭坚的"春无踪迹谁知?除非问黄鹂。百啭无人能解,因风飞过蔷薇"(《清平乐》),"柳叶随歌皱,梨花与泪倾"(《南歌子》),贺铸的"断无蜂蝶慕幽香,红衣脱尽芳心苦","当年不肯嫁春

---

① 许伯卿:《不同历史时期宋词题材构成比较》,《南阳师范学院学报》(社会科学版),2005年7期。

风,无端却被秋风误"(《踏莎行》)等词句不但描写了景物外在的特征,而且自然万物成为心境的客观投影,作者借助自然事物或融进自然事物,将自己所蕴积的思想感情曲折地表达了出来,达到物的"泛我"化和人的物化统一。可以说,正是情与景相结合的创作手法,使主客、物我表现出不可分离,并由此带来了词境的革命性的变革。而伴随这种由主体化带来的情景交融倾向,词中所表达的女子闺怨相思之情和家国之恨减少,而借自然山川万物抒发个体的喜怒哀乐、传达深远的生存忧患意识以及对整个人生的思考的词增多,在意境的创造上,或借景抒情,或以情写景;或实中有虚,或虚中含实,使情与景交融、虚与实相生基本形成有机统一的艺术整体,表达上形成一种韵外之致、味外之旨,从作品的接受效果带给人一种含蓄蕴藉、馀味无穷的美感。从此,"唐诗宋词"中宋词的伟大时代来临了。

第八章　南渡时期：人与自然关系的转折对景物描写的影响

南渡前后，空前的社会动荡和民族危机，把文人们的愤气和浩气激发了出来，相继表现为李纲、张元干、岳飞、胡铨和张孝祥等人以词抒发悲怆激越的爱国情怀，由此而形成爱国词、愤慨词。这两种基于家国之恨的词风洗去了北宋末期的绮罗香泽之态，并被以辛弃疾为首的豪放派词人和以姜夔为首的婉约派词人所发展。同时，南渡前后由于社会的动荡不安，把握不了时代甚至个人命运的词人，开始把审美目光转向自然界的花草树木、虫鱼鸟兽，在具体而又美丽、精致而又稀奇的事物上寄托理想、转移痛苦。可以说这些词不仅在艺术上达到了精湛的水准，而且在内容上词人把自我身世和人生遭遇及对国家、民族的忧患意识寄托于客观景物。通过借物抒怀，使情与景、物与我的融合得到进一步的拓展，也使得词意境沉郁悲凉，深婉曲折。

第一节 咏物词中情景关系的嬗变

宋代词人,或描摹大自然的山水草木、花鸟虫鱼,留连忘返;或感于生活中的风雨蹉跎,触景生情,都是以物象世界的存在为前提,在对其追摹中寄寓词人深沉的情感意绪。于是象进入到宋代词人的构思之中,成为宋代词人苦心经营的对象,成为宋人表现生活的基本细胞。词人要传达出心中之意,就要依靠象,这个象可以是有形的,也可以是借助于有形的形象以象征、暗示、虚拟的形象进入到宋人笔下,有阔大的"明月",有细微的"春草",在宋人的笔下,无论是具体的物象,还是虚拟的形象,都是具体有形的,都不受时空和词体的限制,都是为了表达词人要表达的思想情绪,使词进入到一种较高的审美境界。"近取诸身,远取诸物",不仅是我国古代诗歌的传统,更成为宋代咏物词的传统。

唐五代北宋前期是咏物词发展演进的第一个创作时期。唐五代文人词中咏物词很少,到北宋初、中叶柳永、张先、晏殊、欧阳修崛起词坛后,咏物词才渐渐兴起。根据研究,宋代咏物词可以分为三种类型①,一是北宋前期咏物词的非我化。这一时期的咏物词,仍停留在初级阶段。词人只是客观地描绘物象的外在形象或某种内在品质。二是北宋中后期咏物词的情感化。北宋中后期。咏物词有了长足的发展。词人是以心观物。而不仅仅是"目观"。词人化入对象里面进行设身处地的体验。把无生命、无感情的对象当作有生命、有感情的人去领悟、体察,进入"移情"状态。三是南渡时期咏物词的个性化。南渡初期的咏物词,沿着"情感化""生命化"的道路进一步发展,逐渐出现了自我化、个性化的倾向。这三种范型到南渡时期已经基本定型。此后南宋咏物词几乎没

---

① 王兆鹏著:《宋南渡词人群体研究》,台北:文津出版社,1992年,第237—253页。

有超出这三种基本范型,只有深化和发展。三个时期三种范型承前继后。清人李重华《贞一斋诗说》云:"咏物诗有两法:一是将自身放顿在里面,一是将自身站立在旁边。"这三种类型的划分也就是说,北宋初咏物词人就是"站立在旁边",以局外人、旁观者的冷眼把玩事物,所咏之物基本是"无我之物"。从情与景的关系来讲,词人刻画的就是景(物),没有情的介入。如柳永的《黄莺儿》把黄莺绚丽的色彩、清脆的歌喉、欢快的飞舞、柔美的身姿都刻画得生动传神,但未能进一步融入作者主体的人格精神,写出超越动物性之外的"人性"。即使欧阳修的《浪淘沙》(五岭麦秋残)、薛昭蕴的《浣溪沙》(倾国倾城恨有余)、毛文锡的《柳含烟》(隋堤柳)、孙光宪的《杨柳枝》(万株枯槁怨亡隋)等作品以咏物来怀古仍仅是一种由历史积淀所形成的类型化情感,而非是在感怀现实时势、产生真情实感后,通过某种具体事物把感慨舒解出来。所以说,北宋初的词离真正的借物抒情、托物言志还有相当一段距离。到北宋中后期,苏轼对所咏之物倾注真挚的情感,把咏物与抒怀结合起来,但并不像前期词人那样只是一己情感的凸现或附会,而是根据事物自身的特点赋予其各不相同的人格特征,把事物自身的物性和作者所赋予的人性很好结合,把所咏之物设想为一个独立于抒情主体之外的生命个体,既是咏物但又超然物外。如《水龙吟》咏杨花、《贺新郎·夏景》咏石榴花。更为可喜的是,此时词人的审美趣味已不只局限于对事物外在形态的描绘,而是赋予事物以生命和情感。像《卜算子》咏雁、《西江月》咏梅更是托意高远,折射出抒情主体个性情怀,达到情与景的交融,物我合一的高境。南渡以来,在时代精神的感召下,词人的主体意识不断加强,开始奉行"拿来主义",物为我用,更多注入个人的感受和理解,使平常事物具有新颖的风貌和涵义。与北宋中后期的咏物词相比,北宋中后期的咏物词虽已达到物我合一的境界,但其前提是物性与人格的类比,而这种类比的前提又是事物所具有的约定俗成的某种要素,如梅的素洁无华、柳的依依别情等,词人驾御外物还处于被动的位置。而南渡时期咏物词中物我之间的关系已不再是"我是天空里的一片云,偶然投影在你的波心"(徐志摩

《偶然》)、"月亮走我也走"或"天上下雨地上流",而是"我见青山多妩媚,料青山、见我应如是"(辛弃疾《贺新郎》),是作者的主动追寻和发现。如果说北宋中后期所咏是"有我之物",那么此期则是"我见之物",逐渐出现了自我化、个性化的倾向。总的来看,这时期咏物词重在抒写现实的社会人生和民族的忧患意识。故使得词人笔下的景物显得凄惨、暗淡,情调低沉,意境也含蓄蕴藉、深沉顿挫。咏物词抒情言志的寄托功能更是得以极大地发挥。也就是说,通过借物抒怀,使情与景、物与我的融合得到进一步的拓展,景物在词中的主体化更加明显。

咏物词在朱敦儒词中数量最多,据许兴宝博士考证,《樵歌》集共出现"江"意象224次,"花"意象211次,"月"意象73次,"夜"意象95次。[①]词人在体察天地万物的过程中,消解了物我之间的距离,有一种自得于心的洒脱。在与自然亲近的同时,逐渐将自我放逐,将心灵放逐,生活由此而诗意,生命由此而精致。可以说,自然已成为词人诗意心灵的栖息地。如《念奴娇》:

见梅惊笑,问经年何处,搜香藏白。似语如愁,却问我何苦红尘久客。观里栽桃,仙家种杏,到处成疏隔。千林无伴,淡然独傲霜雪。

且与管领春回,孤标争肯接、雄蜂雌蝶。岂是无情,知受了、多少凄凉风月。寄驿人遥,和羹心在,忍使芳尘歇。东风寂寞,可怜谁为攀折。

这首词起句突兀,和一般咏物诗词迥然不同。"见梅惊笑,问经年何处,收香藏白"活画出词人乍见梅花时又惊又喜的心情,他像遇到经年未见的老友,向梅花寒暄问讯,作者和梅花的关系显得很亲切。而梅花反问"何苦红尘久客",分明是相知很深的朋友。"独傲霜雪",可以看作梅的姿态,也可以看作人的高标。下片赞美梅花"管领春回",以梅之孤傲高洁、不理会狂蜂浪蝶的引诱,来表明自己高风亮节而不同流合污的清高品质。末几句为梅花的幽独和不遇而叹息,感情极为深痛,这也是为自己空有报国之心终无用武之地的深

[①] 许兴宝著:《文化视阈中的宋词意象初论》,北京:中国文联出版社,2002年。

深感叹。此词表面写梅,实际上却处处有我,"梅即是我,我即是梅",在这首词中,融入作者人格魅力与审美情趣。但从情景交融的角度来看,塑造了明朗而单纯的主观抒情形象,自然景物在作者的笔下体现出主体性,作者采用即事叙景的手法,使审美主体与审美客体水乳交融,达到了物我两化的境地。以梅为故友着笔作主客问答,抒胸臆,见性情,文思清发,笔势如流,以清浅而流转的语言营造富有美感的意境。而且更重要的,朱敦儒后期的田园词,风格以平淡闲适为主,在宋词发展史上,又具有开山立派的意义。

黑格尔在谈到抒情诗的审美观照时说过:"诗却只是使人体会到事物内心的观照和观感,尽管它对实在的外表形状也须加以艺术处理。从诗创作这种一般方式来看,在诗中起主导作用的是这种精神活动的主体性,即使在进行生动鲜明的描绘中也是如此……"(黑格尔《美学》第3卷)。黑格尔所谓"精神活动的主体性",是主体"我"的情感、理知、想象、感知等审美心理要素,所谓"实在的外表形状"则是指客体"物"。作为抒情诗的咏物词,其审美主体与客观对象的关系,我国古代词论家也有明确的识见。刘熙载说:"昔人咏古咏物,隐然只是咏怀,盖其中有我在也。"(《艺概》卷四)词中有"我"在,物象、景观不单是客观描写,而"我"起着主导作用。咏物词在对自然美进行精工细刻的同时,巧妙地把社会美揉进自然美之中,把人类的情感、社会价值、道德观念和自然物的某些特征联系起来,使自然物发生种种变化,使鸟虫花木皆具灵性,春风秋月亦通人情。这样本无感情可言的自然物就变成了可近、可亲、可感、可知的审美对象了。如史达祖的《双双燕》从成双作对的燕子"栖香正稳"带出"愁损翠黛双蛾,日日画阑独凭"的闺怨;王琪咏柳词《望江南》有"愁黛空长描不似,舞腰虽瘦学难成"的怨情。咏物词中词人主体"我"的情感附着在了自然之物上,词中的物象、景观不单是客观存在,词人往往通过写物写景把自己的情感世界表现出来。词中的物象、景观变成了"我",咏物即咏人,或词面写物,词底写人;或物与人交融,所咏之物与所怀之人达到完全认同合一的境地。而这其中实际就是精神活动的主体性不再是主体的"我",变成了自然物,且是可近、可亲、可感、可知的自然之物。由此看,在咏物词中词人的心灵与客观世界相默契,情与物凑泊以合,外物与内心环境相统一,物对主体情感的感兴与主体情感的外射发生共鸣,使主体沉浸于自身的心态之中,以其全部情绪去"拥抱"外物,往往赋予物以人格,从而达到情与景的融不可分。而词人赋予物以人格的过程实际也就是景物主体化的过程。可以说,南渡时期的咏物不仅仅表现的是词人、物同构感应的现象,而且是主体情志与客体特点的浑成统一,情与景、物与我融合的进一步拓展。咏物词的中情景关系的这种嬗变,实际上是提升了词的抒情化,更是把景物的主体化又大大的推进了一步。

第二节 隐逸词情景关系不同以往的风貌

由于政治的原因,南渡期间,几乎所有有名的词人都先后清闲辞职,归隐泉林,如张元干、叶梦得、向子諲、朱敦儒等,随着他们的相继退隐,以怡情山水、田园逸兴为主题的隐逸词占据了词坛的主要位置,于是在他们的笔下出现了许多明净空灵、不染纤尘的词境,词坛因此呈现出不同于以往的风貌。

叶梦得在103首词当中,严格意义上的隐居词即达25首之多。"问浮家泛宅,自玄真,去后有谁来。漫烟波千顷,云峰倒影,空翠成堆。可是溪山无主,佳处且徘徊。暮雨卷晴野,落照天开。"(《八声甘州》)"况是岩前新创,带小轩横绝,松桂成蹊。试凭高东望,云海与天低。送沧波、浮空千里,照断霞、明灭卷晴霓。君休笑,此生心事,老更沉迷。"(《八声甘州·承诏堂知止亭初毕工刘无言相过》)"麦陇如云,清风吹破,夜来疏雨才晴。满川烟草,残照落微明。缥缈危栏曲槛,遥天尽,日脚初平。青林外,参差琪霭,萦带远山横。"(《满庭芳》)从"漫烟波千顷,云峰倒影,空翠成堆""暮雨卷晴野,落照天开""送沧波、浮空千里,照断霞、明灭卷晴霓""遥天尽,日脚初平"等,叶梦得皆能因情铸景,即景寄兴,借以辽阔的空间景象,映射词人不为物累的洒脱胸襟。可以体会出词人怡然自得的心境和洒脱的情环。从词的意境营造看。词本以意象细弱,意境深狭为"本色"。苏轼以词抒情言志,豪放词风登上词坛,巨大意象、开阔意境遂出现于词中。到叶梦得词,又往往使开阔的意境展现出苍茫辽远的无尽感和风起云涌的动荡感。此种意境范式为南宋前半期许多词人营造意境的审美取向。如叶梦得《水调歌头》"湖光亭落成"之作:

修眉扫遥碧,清镜走回流。堤外柳烟深浅,碧瓦起朱楼。分付平云千里,包卷骚人遗思,春色入帘钩。桃李尽无语,波影动兰舟。

念谢公,平生志,在沧洲。登临漫怀风景,佳处每难酬。却叹从来贤士,如我与公多矣,名迹竟谁留。惟有尊前醉,何必问消忧。

上片写景,作者在新落成的湖光亭内向外眺望,入眼是一片美丽的景色。自然景物有远山、近水、千里平云,人为的景观有桃李、烟柳、朱楼、兰舟。作者因此而感叹"春色入帘钩",而面对如此良辰美景,"骚人遗思"是什么呢?下片抒情,开篇告诉了我们答案"念谢公,平生志,在沧州"。原来诗人在闲居中念念不忘的仍然是建立像东晋谢安那样的功业。而这种壮志难伸的惆怅,连在登临观景时也不能须臾忘怀,不可不自我开解"却叹从来贤士,如我与公多矣,名迹竟谁留",功名不过是身外物罢了,只有醉乡中才是无忧无虑的好去处。作者登临赏景,本是抒发壮志难酬、功业未成的感受,既没有放浪形骸颓废,也没有一撅不振落拓,个人的得失在开阔美好的情境中得到了消解。叶梦得这类山水词多意象清丽、意境阔大之作,描写具体的山水场景时,往往又与相关的典事结合,时空跨度大,思致深远而明晰,随意俯仰,表现了通达、旷逸的襟怀。同时叶梦得意兴与景物凑泊,发之笔端,灵动清新。如他若干写水边活动和相关景物的小词,《菩萨蛮·湖光亭晚集》:

平波不尽蒹葭远。清霜半落沙痕浅。烟树晚微茫。孤鸿下夕阳。

梅花消息近。试向南枝问。记得水边春。江南别后人。

《临江仙·与客湖上饮归》:

不见跳鱼翻曲港,湖边特地经过。萧萧疏雨乱风荷。微云吹尽散,明月堕平波。

白酒一杯还径醉,归来散发婆娑。无人能唱采菱歌。小轩欹枕簟,檐影挂星河。

这些小词吟咏山水性情,缘情体物,自然和美,韵味悠长。可以说,叶梦得山水词成为宋代山水词发展途中的重要一程,其山水词延伸、扩大了东坡山水词以来的清逸之风,导引了南宋山水词的大量出现,宋代山水词发展也没因两宋易代而中断。可以这么说,南渡隐逸词的出现,对扩大词作题材,打破北宋以来以艳情为主要内容的词坛风尚,恢复了苏轼倡导的"以诗为词"作风,为辛派词人的崛起起了铺路石的作用。

南渡词人在词表现自然山水方面,虽个体的成就不高,但整体上却显示出一种发展变化。

首先,他们对自然的"真山真水"描绘得更多、更丰富。有论者以为,山水词到了南渡词人笔下,确定了一种新的审美范型。[1]词中的山水描写是"客观化"的,并且又是"审美型"的,即词人在欣赏自然美的同时,把他们政治上屡受挫折和失意的苦闷,外现为对山水的迷恋,他们对待山水,倾注着在现实政治生活中不能发挥的充沛热情,为舒展受到压抑的心灵,常常是让丰富的想象力在湖光山色间驰骋,有时会达到与自然同化的境界。比如晚唐五代北宋初的很多词的景物描写,大多是抒发男女离别相思主题的工具、媒介、背景。可以说,南渡前的景物很多是词人心中的假想物,是为表达主人公情思而虚构出的幻景。香闺绣户、秦楼楚馆、小楼深院是唐五代北宋前期词的主要舞台。词人也写到山水,但大多是庭院小池里的"金碧山水",如"风乍起,吹皱一池春水"(冯延巳《谒金门》)、"西风愁起绿波间"(李璟《浣溪沙》),这些山水,不是宇宙自然间的真山真水,而是作者为舞台背景而布置的人造山水。而到

---

[1] 参见王兆鹏著:《南渡词人群体研究》,台北:台湾文津出版社,1992年,第10章。

了南渡词人的作品中,自然山水才恢复了本色,即词人在欣赏自然美的同时,把挫折、失意的苦闷,外现为对山水的迷恋,有时甚至达到与自然同化的境界,如朱敦儒词作中所表现的岭南风情习俗、蛮烟瘴雨等。

其次,是他们更追求大自然的无限远大之美。"千里""万顷""千仞""千尺""千峰""千嶂"等阔大的空间计量词,"关河千里""平云千里""烟波万顷""倚空千嶂"等空间意象词频繁出现,这就扩大了词的艺术境界和审美空间。如"天光相接,莹撤乾坤,全放出叠玉层冰宫阙"(朱敦儒《念奴娇·垂虹亭》),"宿雨乍开银汉,洗出玉蟾秋色,人在广寒游。浩荡山河影,偏照岳阳楼"(张元干《水调歌头》),"舵楼横笛孤吹,幕云散尽天如水。人间底事,忽惊飞堕,冰壶千里"(叶梦得《水龙吟》),就充分地表现出大自然无限广袤、澄澈无尘的境界和主体跟无限永恒的宇宙自然合一同化的超然心境。与这种扩大空间境界形成对比的是,唐五代北宋前期的词,多表现狭小的空间。抒情主人公活动的空间环境多是"小楼""红楼""小园香径""斗鸭栏杆""枕上屏""水晶帘里"之类玲珑剔透的人造建筑。如"水晶帘里颇黎枕,暖香惹梦鸳鸯锦"(温庭筠《菩萨蛮》),"玉炉香、红蜡泪,偏照画堂秋思"(温庭筠《更漏子》),"小阁重帘有燕过,晚花红片落庭莎"(晏殊《浣溪沙》),"梦后楼台高锁,酒醒帘幕低垂。"(晏几道《临江仙》)北宋词人南渡后,江南的风物为词注入了新的气象。江南虽然缺少西北雄壮的山岳,却有汪洋浩瀚的江湖。八百里洞庭湖,千里奔流的长江水和万顷碧波的太湖,词人的心胸和视野也被拓展了,气质和魄力被陶冶了。大自然的无限远大之美不但表现了词人营造的或雄阔或高远的激情艺术境界,更是彰显其情感的"硬度"和"力度",扩大了词境,使词作更富艺术感染力。

第三,有关景物描写的隐逸词的数量增多,根据许伯卿统计[1]的基础进一步研究可以看到,整个北宋有隐逸词158首词,占北宋词的3.58%,整个南宋

---

[1] 许伯卿:《不同历史时期宋词题材构成比较》,《南阳师范学院学报》(社会科学版),2005年7期。

有隐逸词 921 首词,占南宋词的 6.01%,其中南渡时期有隐逸词 202 首,占整个南宋隐逸词的 21%。很明显,有关景物描写的隐逸词在数量上呈现上升趋势,这可以说明,由于政治的原因使词人更进一步的融入自然,而人走向自然,导致隐逸词的产生,并由此使作为审美客体的自然景物成为一种审美对象、一种审美主体出现在词中。可以说,南渡隐逸词的出现,进一步扩大了对自然景物的描写,为景物描写的主体化成熟起了铺路石的作用。而且朱敦儒后期的田园词,意境以平淡闲适为主,在对宋词意境的创造又具有深远的意义。在熔铸意境方面,隐逸词既有情景交融之美,更有思致潜沉之妙。从美学风格方面,"虚静""澄怀"的隐逸心境使得隐逸词人以白描手法将清疏之景疏朗组合,淡远有味。轻扬的运笔,灵活的结构,超脱的精神创造出宋代隐逸词澄淡、空灵、清豪的美学风格。

第三节　易安词情景交融的深厚蕴意

　　南渡前后李清照的词,在客观景物寄寓了她的欢笑、愁泪、悲思,熔铸了她的亲身经历和深刻感受,她的词作中将情景交融的抒情艺术手法的运用技巧达到了极至,且变化多端,信手拈来而又处处合适。达到了情与景的统一、交融。

　　首先,缘情写景,情景交融。李清照深得"物感说"理论精髓,很善于将情与景的关系处理得恰当、巧妙,使情与景密切而和谐地交融在一起。如《浣溪沙》:

　　　　小院闲窗春色深,重帘未卷影沉沉。倚楼无语理瑶琴。
　　　　远岫出云催薄暮,细风吹雨弄轻阴,梨花欲谢恐难禁。

　　词的上片主要描写环境,下片着重刻画景物。"远岫山云催薄暮"为远景。这句是说地面水气,入夜遇冷而成云雾,笼罩峰峦,白天经太阳蒸发,逐渐消散,峰峦再现。而山穴中云气,日照困难,要到日将落时才冉冉升起。陶渊明《归去来辞》云:"云无心以出岫,鸟倦飞而知还。"就是写傍晚景象,故云"催薄暮"。"细风吹雨弄轻阴"为近景,是说傍晚时分,天色渐暗,暮霭沉沉,而微风吹拂,雨花飞溅,好似与轻阴相戏弄,故云"弄轻阴"。前句中着一"催"字,加速了夜暮降临;后句中用一"弄"字,使轻阴转浓,融成一片,天色变黑。"催"和"弄"两词琢炼得妙。峰峦叠嶂的远山,喷云吐雾,仿佛是于无意中催促着日落加大步伐,加快西沉;广阔无垠的空间,突起阵阵轻风,吹来丝丝细雨,给天宇涂上了一层暗淡的色彩,好像是在故意播弄着气象的阴晴不定。这两句景物主体化描写既生动,又形象,着一"催",将"岫""云""薄暮"连缀成傍晚山景图;着一"弄",把"风""雨""轻阴"交织成傍晚烟雨画。前者体现一天当中的时间推移,隐含词人面对夕阳西下,百鸟归飞落巢,丈夫却旅居天方而不返的惆怅。不言"思",而"思"自在字里。后者反映"霎儿晴,霎儿雨,霎儿风"的深春独有的气候特征,意味词人百感交集,心潮的起伏变化,心情的阴沉、抑郁、迷惘。不言愁,而愁自溢行间。结句"梨花欲谢恐难禁"是承"春色深"而来,按节候与"梨花落后清明"(晏殊《破阵子》)相合。因此以"梨花欲谢"总括环境和景色,以"恐难禁"概述落漠和愁苦。词中女主人愁思之由,至此道出。而词人将细微的景物与幽渺的感情极为巧妙而和谐地结合起来,把缕缕淡淡的愁情带入了画面,形成了全词的氛围,使每一景、每一物在"无语"之中都笼罩着一层愁雾,这就使画面升华到一种情景交融的意境之中,使由惜春引起难以捕捉的、抽象的愁思就成了可以接触的具体形象。所以明人董其昌说:"写山闺妇心情,在此数语。"从而也使整首词情景交融达到了和谐优美的统一。类似这样的景物主体化的词句还有"醉莫插花花莫笑,可怜春似人将老"(《蝶恋花》),把花当作同命运的友人,人老春暮,心中伤感。"唯有楼前流水,应念我终日凝眸"(《凤凰台上忆吹箫》),把流水当知音,用多情的流水表现相思的痴念。

其次,先借景寄托,后直抒胸臆。即借景物原有的自然特征或人所赋予的人文象征意义来婉转表示情怀。她的词作《一剪梅》:

红藕香残玉簟秋,轻解罗裳,独上兰舟。云中谁寄锦书来?雁字回时,月满西楼。

　　花自飘零水自流,一种相思,两处闲愁。此情无计可消除,才下眉头,却上心头。

词中枕席生凉,花开花落的景物主体化描写,全句设色清丽,意象蕴藉,不仅刻画出四周景色,而且烘托出词人情怀。花开花落,既是自然界现象,也是悲欢离合的人事象征;枕席生凉,既是肌肤间触觉,也是凄凉独处的内心感受。这一兼写户内外景物而景物中又暗寓情意的起句,一开头就显示了这首词的环境气氛和它的感情色彩。为全词营造了一个凄凉的氛围,为全词定下了幽美的抒情基调。古代诗词中,有些景物被诗人们赋予了一定的人文象征意义。李清照此词中的"雁"象征音信,"月"象征团聚。这些"景语"中透露着词人期盼着亲人的音信,渴望着夫妻团聚。而作者把客观和主观、景和情融化在一起的反复咏叹使现实生活中的情思有了更多的诗意的宣泄和回味的机缘。下阕借景抒情,"花自飘零水自流",既是即景,又兼比兴。其所展示的花落水流之景,是遥遥与上阕"红藕香残""独上兰舟"两句相拍合的;而其所象喻的人生、年华、爱情、离别,则给人以"无可奈何花落去"(晏殊《浣溪沙》)之感,以及"水流无限似侬愁"(刘禹锡《竹枝词》)之恨,隐喻岁月无情地流逝。后面几句转入直接抒情的内心独白。"一种乡思,两处闲愁。此情无计可消除,才下眉头,却上心头",形象地抒发了铭心刻骨的相思感情真是悠悠不绝、无穷无尽,在意境上更是显得缠绵悱恻,超旷空灵。

　　第三,触景生情,情随景迁。意是情意,境是景象,景随情迁,情景交融,物我合一,就是意境。中国古典文论尤其强调情意是意境的主导,情真、意切、语新,才能有意境之美,才能更完美地传递作者心灵深处的信息。李清照往往借助景随情迁的艺术技巧创造出一种意境之美。如《声声慢》:

　　寻寻觅觅,冷冷清清,凄凄惨惨戚戚。乍暖还寒时候,最难将息。

　　三杯两盏淡酒,怎敌他、晚来风急!雁过也,正伤心,却是旧时相识。

满地黄花堆积,憔悴损,如今有谁堪摘?守着窗儿,独自怎生得黑!梧桐更兼细雨,到黄昏,点点滴滴,这次第,怎一个愁字了得!

词的描写纯用赋体,写了环境,写了身世,写了心情,并将这三者融为一体。词中写客观环境的事物有淡酒、晚风、飞雁、黄花、梧桐、细雨,这些都是在肃杀的秋日黄昏所见所感的种种极具典型特征的愁景,凄凉的景物都贯穿浓重的感情色彩,渗透着作者的主观感受,一路写下来越积越多,伤感越来越浓重,最后堆砌的愁苦迸涌而出,创造了冷落、凄清、寂寞的意境。而在冷落、凄清、寂寞的意境之下,悲景的描写掀起了人物情感上的波澜,使愁情越来越大,越来越猛。结尾用"这次第,怎一个愁字了得",将愁情的波澜推向无限深、无限广的感情人海,把词人历经国破家亡夫逝等众多劫难之后难禁难耐、难堪难诉的愁情写到了极至。触景生情,情随景迁,悲情悲景达到了完全的统一。

第四,以景衬情,寓情于景。李清照一生历经坎坷,遭遇了国破家亡夫丧的巨大不幸,因此反映离愁别绪,感时伤世的词作较多,在她的眼里大自然的许多景致都因她抑郁愁闷的情绪而变得充满凄苦。表现在情景交融艺术手法上首先是悲景写悲情。如《醉花阴》:

薄雾浓云愁永昼,瑞脑消金兽。佳节又重阳,玉枕纱橱,半夜凉初透。

东篱把酒黄昏后,有暗香盈袖。莫道不消魂,帘卷西风,人比黄花瘦。

开头一句写户外景致:薄雾弥漫,浓云笼罩,天色自早到晚阴沉郁闷,这种阴沉沉的天气最使人感到愁闷难捱。这是一个悲景的描写。转入室内情景描写,"愁永昼""凉初透"则蕴涵着词人难以描述的无限愁苦。"物皆著我之色彩",从天气到瑞脑金兽、玉枕纱厨、帘外菊花,词人用她愁苦的心情来看这一切,无不涂上一层愁苦的感情色彩。特别是"莫道不消魂,帘卷西风,人比黄花瘦",创造出一个凄清寂寥的深秋怀人的境界。如傅庚生先生说:"其妙处在于:西风、黄花、重九日当前之景物也,帘卷而西风入,黄花见,居人憔悴久矣;西风拂面而愁益深,黄花照眼而人共瘦;信手拈来,写尽暮秋无限景,道尽深闺无限情……"李清照在自然景物的描写中,加入自己浓重的感情色彩,使客

观环境和人物内心的情绪融和交织。其景无遗,其情脉脉。其次是乐景写悲情。如《蝶恋花》:

暖雨晴风初破冻,柳眼梅腮,已觉春心动。酒意诗情谁与共?泪融残粉花钿重。

试夹衫金缕缝,山枕斜欹,枕损钗头凤。独抱浓愁无好梦,夜阑犹剪灯花弄。

上阕开头三句春景落笔。但见初春时节,春风化雨,和暖怡人,大地复苏,嫩柳初长,如媚眼微开,艳梅盛开,似香腮红透,到处是一派春日融融的景象。然而这轻松欢快的笔调,只是一种铺垫,是为了反衬后面的离情愁思。第四句,笔锋一转,发出了谁能与自己共赏"酒意诗情"的感叹,直抒自己的离情。末句更是以"泪融残粉花钿重"的外部形态,表现了词人内心的极度思念。这样一个万物充满生机的初春景色,勾起的却是词人的失眠愁情。良辰美景和离怀别苦形成鲜明对比,正所谓以乐景写哀,而倍增其哀。

李清照以她那敏锐的感情触角将自然最细微的信息传递到心中,与她深刻的人生感受相融合,构成了一个感情色彩强烈的物象。她绝没有无病呻吟,在为景写情或为情写景中都融合着她浓浓的泪水。她很少纯粹的景物描写,而是在她观赏自然咏唱自然的同时总是要渗入自我情感,可以说她笔下的物象就是她个人心象的映现。如《怨王孙》:

湖上风来波浩渺,秋已暮,红稀香少,水光山色与人亲,说不尽,无穷好。

莲子已成荷叶老,青露洗苹花汀草。眠沙鸥鹭不回头,似也恨人归早。

词人把沙鸥、白鹭作为审美主体来描写,淋漓尽致表现出对大自然的热爱之情,整首词的意境单纯、明朗。她许多咏物词,是寄情于物,梧桐、芭蕉的凄凉;海棠、梨花的愁苦;菊花、木犀的高洁;梅花的孤苦、坚贞,无不象征的是词人自身的精神状态和她高洁的情操。如《庆清朝慢》:

禁幄低张,彤栏巧护,就中独占残春。容华淡,绰约俱见天真。待得群花过后,一番风露晓妆新。妖娆艳态,妒风笑月,长东君。

东城边，南陌上，正日烘池馆，竞走香轮。绮筵散日，谁人可继芳尘？更好明光宫殿，几枝先近日边匀。金尊倒，拼了尽烛，不管黄昏。

词人通过描写桂花表现出自己的主观情致，是一种直抒胸臆的景物主体化表现。通过景物的主体化充分传达了词人的精神状态和生命意识。

综上所述，随着南渡前后历史阶段的渐次演进，人与自然的关系进一步融合，词中描写的景物拓展到更远大的、更开放性的空间，景物的描写也更真实、更丰富，自然景物完全作为一种审美对象出现在词中，并把自我化入大自然之中，出现了物我交融的局面，景物主体化描写的趋势继续发展。同时词坛也相应地呈现出不同的风貌，词的内容从声色之娱、家国之痛转变到山水之情的抒写，词所描写的情感基本经历了一个爱欲恋情的追求到个体自我的身世之感再到社会、民族的忧患意识与宇宙人生哲思的双重并置的转变。在词境的营造上能以有限的形象，展现丰富的生活内容，引起读者广泛的联想和想象，从而获得丰富的韵味和丰富的美感。词境亦由绮丽妖冶相继转变为凄切婉转、慷慨激昂、清旷豪放和清丽婉约并置的转变，同时完成了北宋词向南宋词的转变。

第九章　南宋：景物主体性描写的篇章化与词境的另一洞天

在南宋偏安的形势下，统治集团身处山明水秀的江南，优美的景色不仅使他们流连忘返，怡情娱兴，也能使他们暂时忘却亡国之烦恼，加上最高统治者有意的引导，使臣子们的注意力集中到对湖山欣赏之中。同时，宋高宗赵构，打击抗战派，杀害岳飞，形成了朝野不敢言战的局面。政治上的受压抑，致使一些欲有作为的士大夫文人，如辛弃疾、陆游等被迫归隐。由于这两方面的原因，南渡后的词人们只能明哲保身、归隐山林，过闲散幽居的生活。在自然山水和清风明月中获求精神的超脱自慰，试图用相忘尘世、寄情寰外的方式来摆脱人世的烦恼，用江南的清泉胜水来洗涤自己的凡心。生活方式的改变，导致人与自然的关系发生改变，于是在他们的笔下出现了景物主体性描写的篇章化和许多明净空灵、不染纤尘的词境。

第一节　南宋前期景物主体性描写的日益凸现

　　词至南宋,无论是从有我之境还是从无我之境看,景物的主体化日益明显,一些自然景物被赋予了人的思想、感情、性格、行动和生命。如"遥岑远目,献愁供恨,玉簪螺髻"(辛弃疾《水龙吟》),"青山意气峥嵘,似为我归来妩媚生"(辛弃疾《沁园春》再到期思卜筑),"争先见面重重,看爽气朝来三数峰"(辛弃疾《沁园春》灵山齐庵赋),"我见青山多妩媚,料青山见我应如是"(辛弃疾《贺新郎》),"数峰清苦,商略黄昏雨"(姜夔《点绛唇》),"花不语,笑人痴"(王炎《江城子》),"桃李枝上,啼莺言语,不肯放人归"(无名氏《九张》),可以看到,在词人笔下的自然景物,比现实中的景物更富有情趣,更崇高更有理想,是客观现实中不曾有过的完美艺术形象。在这些词句中,抒情主人公的主观感情强烈外射,转移到了景物身上,使景物人格化、主体化,直接打上了作者感情的烙印,宋词中这种抒情方式的成熟发展,丰富了宋词意境的创造。而从审美主客体关系意义上看,它是作为人与自然间新的审美关系出现的,体现了景物主体化和宋词意境营造变化的特点。而这种景物的主体化不但体现于单句之间,更多出现于篇章结构,作者用一片或整首词,对景物进行主体化描写。在这方面,南宋词人尤为擅长。如辛弃疾的《丑奴儿近·博山道中效李易安体》：

　　千峰云起,骤雨一霎儿价。更远树斜阳,风景怎生图画？青旗卖酒,山那畔别有人家。只消山水光中,无事过这一夏。

　　午醉醒时,松窗竹户,万千潇洒。野鸟飞来,又是一般闲暇。却怪白鸥,觑着人欲下未下。旧盟都在,新来莫是,别有说话？

　　上片中,乌云从千百座山峰背后涌起,带来了历时短暂的一场急雨。雨过天晴,碧峰如洗,远树斜阳,酒旗人家,构成了一幅难以描画的美丽图景。下片一白鸥居然能偷偷看人,欲下未下,犹犹豫豫,莫非要悔约改口吗? 作者不写自己身世感慨和生活道路坎坷不平,而是通过白鸥的背盟来表现,这样就把情感变得曲折委婉,如果从景物的角色和身份来看,其情感得到深度的表现全靠景物的主体化功能。如辛弃疾的《沁园春·再到期思卜筑》:

  一水西来,千丈晴虹,十里翠屏。喜草堂经岁,重来杜老;斜川好景,不负渊明。老鹤高飞,一枝投宿,长笑蜗牛戴屋行。平章了,待十分佳处,着个茅亭。

  青山意气峥嵘,似为我、归来妩媚生,解频教花鸟,前歌后舞;更催云水,暮送朝迎。酒圣诗豪,可能无势,我乃而今驾驭卿。清溪上,却被山灵笑,白发归耕。

此词为辛弃疾再次到期思选地造屋时所作。词的上片首先大笔勾勒了期思的地形与景色:"一水西来,千丈晴虹,十里翠屏。"自西而东的河流,横跨晴空的彩虹,屏风般的山岭,足见此地地势之起伏,风景之优美。而句子之工整,气势之磅礴,大有包举全篇之气概。接着着重说明了自己来此地的意图。词人是要像杜甫重归草堂、陶潜游览斜川那样隐居期思,游赏美景,并借用《逍遥游》中"鹪鹩巢于深林,不过一枝"之句,将自己比喻为高飞的老鹤,栖息时不过只须一枝而已,嘲笑那些为家业所累之徒,只要寻个十分中意的地方,修建一座茅舍,他便得其所在了。从此可见词人心胸之广袤,词的下片首先叙述了寄情山水的无穷乐趣。词人望着那高峻的青山,似乎觉得因为自己的归来,他们凭添了几分妩媚似的;还有山花野鸟,行云流水,也为他前歌后舞,朝飞暮送,好不热闹。对自然景物的描绘寓情于景,不是一般的描画景物,状写环境。"青山意气峥嵘,似为我、归来妩媚生,解频教花鸟,前歌后舞;更催云水,暮送朝迎。"这是给自然景物融灌了主体的生命底蕴,借景抒情,通过景物的主体化功能,在历史社会与自然的际遇中来雕刻自己的生命形象,在尖锐激烈的生命冲突中奏响生命的强音,使得生命本质得到了最全面的展示。再如《菩萨蛮·金陵赏心亭为叶丞相赋》:

青山欲共高人语,联翩万马来无数。烟雨却低回,欲来总不来。

人言头上发,总向愁中白。拍手笑沙鸥,一身都是愁。

首句中青山被主体化了,与人取得了同等的地位,它们想和"高人"说话。"万马联翩来无数"意象的气势异常磅礴。"烟雨却低回,欲来总不来",同样把飘飘渺渺的烟雨主体化。如果说,上面"青山"给人一种阳刚形象的话,那么,这里的烟雨,则是无限温婉柔美的女性形象。词中使用"回"字来刻画烟雨,配合所要描写的客体"烟雨","回"字给予人一种迟疑、观望、欲推还就的感觉。"低回"的"低"字,与"高人"的"高"相对,也与青山相对。一高一低,两个由主体化手法所创造出来的意象,在上半片短短的句群里,虚实相辅,互相对峙而又互相融合,布置了一幅兼具壮美和优美的无边山色图景,给予读者一个极富张力的审美空间。景物主体化描写产生的意境真是只可意会而不可言传。

陆游在词作中往往赋予一草一木,一山一水以人的情感和性格,把景物主体化,使其具有深刻的感人力量。如《秋波媚·七月十六晚登高兴亭望长安南山》:

秋到边城角声哀,烽火照高台。悲歌击筑,凭高醉酒,此兴悠哉!

多情谁似南山月,特地暮云开。灞桥烟柳,曲江池馆,应待人来。

作者把无情的南山之月,赋予人的感情,并加倍地写成为谁也不及它的多情。它为了让作者清楚地看到长安的面目,把层层云幕都推开了。长安城外灞桥两岸的烟柳在迎风摇摆,长安城南的曲江,无数亭台楼馆都一齐敞开大门,正深情地等待收复关中的宋朝军队的到来。词中大胆的想象、景物主体化的手法增添了这首词的韵味。陆游词中景物的主体化描写是比较多的,诸如"身如西瀼渡头云,愁抵瞿唐关上草"(《木兰花》),"纵自倚、英气凌云,奈回尽鹏程,铩锐残鸾翮"(《望梅》),"惟有断鸿烟渚,知我频回顾"(《桃源忆故人》),"鸠雨催成新绿,燕泥收尽残红"(《临江仙》),"燕羞莺妒,蝶绕蜂忙"《玉胡蝶》,"小醉闲眠,风引飞花落钓船"(《采桑子》),"残红转眼无寻处,尽属蜂房燕户"(《杏花天》),"多谢半山松吹,解殷勤留客"(《好事近·登梅仙山绝顶望海》）。通过这些主体化词句词人营筑的是一种沉甸甸的、厚重的情感意境。而后几例的景物通过主体化描写却更是表现出一种轻快灵动的情感意境。"小醉闲眠,风引飞花落钓船"一个有情的"引"字活化了风对花的友情,有情风时不时引飞花无意落向闲眠钓船上的醉仙,作者勾画出的是一幅多么自得悠然的画境。我们不难想象"闲居士"的心境,正是一个"静"字,我们在这一艺术境界中似乎听到了风引飞花落钓船的天籁之音,而这一艺术境界全在"风"的有情的"引"来托出。"多谢半山松吹,解殷勤留客"更见活泼诙谐之意趣,迎风摇摆的松在热情地挽留词人,词人自己还回报以谢意,表现出词人此次游玩的勃勃兴致、临去不舍之情。而词人笔下的莺、燕、蜂、蝶更非等"闲"之辈,它们忙着"催成新绿""收尽残红",或虽妒美人之貌但又不自禁地忙绕于美女身旁,通过这些意象含蓄地表现出词人感叹春光之来去匆匆和对歌女容貌的赞美。但是陆词中的景物意象的主体化描写更多地深婉体现词人的思想感情,故而营造出前代词人较少具备的厚重和深沉的意境,使陆词的境界更为贴近现实,即正是陆词中的景物所具有的时代感和个性主体化促成了陆词别具特色的境界的形成,进而形成陆词所独具的艺术风格。

第二节　田园词中情景关系的新开拓

　　田园本是诗歌的传统题材,其滥觞于《诗经》,到东晋陶渊明正式开宗立派,经盛唐王维、储光羲等踵事增华,至中晚唐田家诗又别具一格,形成了较为完备的艺术传统,北宋的田园诗创作正是承历代余绪而有所发展。苏轼在以诗为词的基础上,脱胎换骨,点铁成金,成功地开创了新的经典,被其后的田园诗词共同追摹,既促进了宋代田园诗词的初度融合,又拉开了田园词对田园诗发生影响的序幕。南宋时期田园词进入了全面发展的时期,田园的优美风光、农忙农闲、词人对田园生活的忧喜苦乐、对农民的感情以及归隐田园

的矛盾心情等,在南宋的田园词创作中都有所反映。如陆游的《桃源忆故人》:

斜阳寂历柴门闭。一点炊烟时起。鸡犬往来林外。俱有萧然意。

衰翁老去疏荣利。绝爱山城无事。临去画楼频倚。何日重来此。

该词描写了宁静愉快的山居生活,斜阳、柴门、炊烟、鸡犬构成了一幅世外桃源般的山村景致,表达了词人对这种平淡隐逸生活的留恋与热爱。陆游田园隐逸词平淡自然、飘逸高妙,善于运用通俗朴实的语言,给词篇带来了新鲜活泼的气息。再如《乌夜啼》:

世事从来惯见,吾生更欲何之。镜湖西畔秋千顷,鸥鹭共忘机。

一枕苹风午醉,二升菰米晨炊。故人莫讶音书绝,钓侣是新知。

这首词以镜湖为背景,写放浪林泉,寄情烟波的乐趣,作者以平和的心态和冲淡的襟怀,表达了对大自然的热爱和纵情山水的愉悦心情。语言平淡浅近,亲切感人,风格恬淡闲逸。叶嘉莹《灵谿词说(续十四)——论陆游词》认为:陆游"全以诗人之笔法为词"的。"于是当陆游将其诗人之襟抱,以诗人之笔纳入此一具有跌宕之致的形式之中时,便形成了一种独具之风格。"叶嘉莹赞同冯煦《蒿庵论词》之说法——谓放翁词"逋峭沉雄"。逋峭即文笔优美之义。如陆游的《鹧鸪天》:

懒向青门学种瓜,只将渔钓送年华。双双新燕飞春岸,片片轻鸥落晚沙。

歌缥渺,橹呕哑。酒如清露鲊如花。逢人问道归何处,笑指船儿此是家。

词作紧扣"渔钓"二字来写,云山烟水令人飘然世外,新燕飞鸥带来愉悦心情,从中可看出陆游爱好自然美景和自由不拘的天性,以及他纵身自然轻松快乐的心情,情与景的交融使全词充满了怡然自得的情趣。俞陛云评《鹧鸪天》词:"襟怀闲适,纵笔写来,有清空之气。"①刘师培评陆游田园词的风格是:

---

① 俞陛云著:《唐五代两宋词选释》,上海:上海古籍出版社,1985年,第348页。

"屏除纤艳,清真绝俗,逼峭沉郁,而出以平淡之词,例以古诗,亦元亮、右丞之匹,此道家之词也。"①陆游的田园隐逸词具有仙风道骨的特点,放情于山水,从大自然中去求得精神支撑。用自然之美来化解心中之忧,用隐居故乡的平静生活来忘却逃避世事的烦恼。钱钟书评价陆游田园闲适诗说:"一方面是闲适细腻,咀嚼出日常生活的深永的滋味,熨贴出当前景物的曲折的情状。"②陆游田园隐逸词开创了一种新境界,一扫香艳绮靡之风气,具有"屏除纤艳"之功劳。

辛弃疾把田园词创作推向高峰,其词在表现人与自然关系题材的选择上以及意境的创造方面又有新的开拓,所表现的内容也更加丰富。辛弃疾的田园闲词重视表现内在生命意蕴,更着意突出"言外之意",是一种建立在对宇宙自然生命的描摹之上,生命观的一种重新深入的思考与感受,注重以物喻志,用心感悟生命,注重内心真实情感的抒发。辛弃疾的《鹧鸪天·戏题村舍》:

鸡鸭成群晚未收,桑麻长过屋山头。有何不可吾方羡,要底都无饱便休。

新柳树,旧沙洲,去年溪打那边流。自言此地生儿女,不嫁余家即聘周。

此词的语言明白如话、自然晓畅,同时又非常生动、珠圆矶润,达到了很高的语言境界。而这种境界的取得又和词人自己向往农家简单纯朴、清心寡欲的生活感情相一致。瑞士思想家阿米尔(Amiel)说:"一片自然风景是一个心灵的境界,没有心灵底反射,是无所谓美的。"这充分说明词人对自然美的艺术追求,并不是单纯地摹写自然形态,而是融进了自己的思想感情,是作者真实心灵的渗透。

辛弃疾农村词是南宋词中田园词表现人与自然关系比较有特色的一种。据顾之京先生统计和认证,"有二十五首可以确定为农村词"③虽为数不多。但

---

① 刘师培著:《论文杂记》,北京:人民文学出版社,1998年,第390页。
② 钱钟书著:《宋诗选注》,北京:人民文学出版社,2002年,第170页。
③ 参见顾之京:《辛弃疾农村词篇什探究》,《辛弃疾研究论文集》,北京:中国文联出版社,1993年2月第1版,第99页。

从人与自然的关系来说,是具有非凡意义的。因为他完全驱除了把持在词坛上的"绮筵公子""绣幌佳人"之类的形象,代之以充满泥土气味、纯真朴实的农村生活及农民形象,把宋词艺术推向另一新的高峰,为宋词意境的创造开出了一条更为宽广的道路。辛弃疾创作的一些优秀农村词,不仅表现农家的劳动生活,真切地表达他们的悲欢离合。而且通过对田园风光的描绘,营造意境,抒发了一些颇具哲理的情思。

如《鹧鸪天·代人赋》:

陌上柔桑破嫩芽,东邻蚕种已生些。平冈细草鸣黄犊,斜日寒林点暮鸦。

山远近,路横斜,青旗沽酒有人家。城中桃李愁风雨,春在溪头荠菜花。

此词结尾两句,对比"城中桃李"和"溪头荠菜花",引起人们对生命、现实生活的思考——生命生生不息,生活却不如人意,现实也冷酷残忍……达到让人从平凡的景物中领会生命的真谛。寓人生哲思于写景之中,自然贴切。辛弃疾对田园词表现技巧最大的贡献是将叙事手法运用于小令之中,在生动曲折的情节中描写田园风光,营造出意境。

如《西江月·夜行黄沙道中》:

明月别枝惊鹊,清风半夜鸣蝉。稻花香里说丰年,听取蛙声一片。

七八个星天外,两三点雨山前。旧时茅店社林边,路转溪桥忽见。

词中所记述的就是在一个令人身心舒畅的夏夜,词人于黄沙岭田间小路上的所见所闻:夜幕在广阔的天地之间拉开,随后一轮明月缓缓升上树,如盘如玉,将她的清辉徐徐洒向夜晚的山林、田野、池塘。如此皎洁的月光,使栖息在枝头的小鸟受到惊扰,弃枝而逃。时至夜半,阵阵清风吹起,送来丝丝凉爽,也传来蝉儿清脆的鸣叫声,而更热闹的,还数池塘中蛙族那欢快的合唱。在氤氲的稻花香气中响起的这此起彼伏的鸣唱,仿佛在诉说着一个丰收之年即将来临。忽而,乌云覆盖了晴朗的夜空,只剩下云缝间的几颗星星依然在顽皮地眨着眼睛,点点雨丝随之飘洒山前。沉醉在美好夜晚之中的词人这才急忙赶路,寻找避雨的地方,正担心被雨淋着,不想转过一座溪桥,竟然惊喜地发现以前来过的那座林边茅舍。词中将人物的心情与写景、叙事融为一体。平凡而浑厚的场景,自然而真切的叙事,连同丰收之季行人的喜悦之情,全融入一片稻香之中,达至一种物我不分、天人合一的境界,正如庄子所云不知我是蝴蝶,还是蝴蝶是我。这与传统小令绘景言情、先景后情式所营造的意境相比,这首词叙事手法的运用,生动曲折的情节描写,使得抒情内容丰富、复杂而又富于层次,意境清新流丽、完整而深邃高远。

再如《清平乐·村居》:

茅檐低小,溪上青青草。醉里吴音相媚好,白发谁家翁媪。

大儿锄豆溪东,中儿正织鸡笼;最喜小儿无赖,溪头卧剥莲蓬。

词人非功利无利害地静观着眼前的一切,村居才如此美好如此温馨。从"移情说"来讲,当移情作用发生的时候,由于"我"在凝神观照事物时,霎时间由物我两忘而至物我同一,于是以"我"的情趣移注于物。辛弃疾的田园词致力于从多角度、多侧面展现农村的田园美景,并非纯粹的描摹生活景象而已,更是把生活景象和思想情绪交融在一起,将一幅幅色彩鲜艳、动静相谐、声情并茂的田园风景画展现在我们面前。

传统的田园词,包括田园诗,都以恬淡闲适为主要特征。田园诗的开拓者陶渊明描写的田园风光,旨在抒发个人的闲情逸致和"复得返自然"后的轻松愉悦心情,是借田家风光写主观感受,后世的田园诗也大多是自我写照式的作品。苏轼的田园词是对农村生活一种近乎于理想的描写。而辛弃疾的田园词描写的不过是农村中的日常生活和平凡的乡村景物,本来十分普通的生活和景物,却具有如此令人心驰神往的魅力,就在于词人把自己对人生执着的爱恋情感倾注到这些普通景物和生活中,在写景上采用一系列田园意象的组合交融,词中众多独特的景物意象的运用不仅沿袭了以往田园诗的文化内涵,而且凝结了南宋文人追寻淡泊宁静、平和自适的生活愿望。从而能引起我们感情上的强烈共鸣,具有打动人心的力量。可以说,辛弃疾田园词中,景与情并非截然分开的,而是心境与物象契合、相融相生为浑然一体的和谐之境。

他或者将景物人格化,作为主观情感的寄托,或者"以我观物,使物皆着我之色彩。"无论是借景托情,还是情景俱到、相间相融,都各有其妙处。稼轩有一部分田园词,纯是写景,看似着力描绘一个"无我之境",实际上"我"尽在其中,可谓景中藏情。不仅拓宽了田园词的内容,而且突破了自我写照的传统。苏轼和辛弃疾的山水田园词,与唐代山水田园诗相比较,他们笔下的农村词虽没有"空山不见人,但闻人语响"(王维《鹿柴》)的孤寂空灵,但所表达的是对生活的由衷热爱和对生命自由的真心向往,也是对一种新的人生境界的赞美,这在词的意境来说也是一种创造。

第三节 咏物词中景物主体性描写的篇章化

咏物词在唐五代以及北宋初期为数不多,苏轼出现后才开始大量创作。在此基础上,周邦彦将咏物词的发展推进了一步。到了南宋,咏物词的创作空前繁荣,此期的数量超过了北宋至南渡时期的总和。清人谢章铤称:"咏物南宋最盛,亦南宋最工。"(《赌棋山庄词话》卷七)在这一演进历程中,咏物词的发展脉络大致为:由单纯咏物、摹形绘态、对外物作客观精妙的描绘,演变为感物言志,采用拟人、移情等修辞手法,以形写神,抒发情怀,再至托物喻志、缘物起兴、寄寓身世家国之感。在这一过程中,作家观照外物的视角也随之发生转移:起初主体与客体界限分明,主体作为旁观者,超然于物外;再而主客体融合,界限逐渐消泯;最后显示出主体意识隐遁、主观感受隐藏在意象背后的倾向。在上述演变环节中,苏轼、周邦彦、辛弃疾等人的词作已能做到穷形尽相、形神兼备,同时,也不乏别有寄托之作,但是,他们的寄托基本上属于非有心于寄托而寄托存焉的"感物言志",寓意也较为单纯显豁,少有政治的迹象。

陆游一共有七首咏物词,其中四首咏梅,两首咏海棠,一首咏牡丹。陆游咏物词将咏物与抒情言志兼融并重,既表现出对象物的精神、生命,同时也写出作者自我的襟怀品性。如陆游《卜算子·咏梅》：

驿外断桥边，寂寞开无主。已是黄昏独自愁，更著风和雨。

无意苦争春，一任群芳妒。零落成泥碾作尘，只有香如故。

陆游在这首词里看似写梅，实质是写人，将主客观进行了和谐的统一和完美的结合。词人以梅花意象作为审美对象，寄托其思想情感，但全篇不提一个"梅"字，而在字里行间分明都突出着梅花的特性。比兴意象的运用使虚化为实，使抽象化为具象，句意含蓄，使直情化为曲意，更为深沉的是梅是其精神的物化。刘熙载在《艺概》中说："词之妙莫妙于以不言言之。非不言也。寄言也。如寄深于浅。寄厚于轻。寄劲于婉。寄直于曲。寄实于虚。寄正于余。皆是。"梅的特征通过词人生动具体的描绘，梅的品性通过丰满的形象本身昭示出来，而不是直接点明，再通过具体可感的形象，折射出词人百折不回，保持自我独立人品的个性，作者仿佛不是在写梅，而是为自我写照，梅花"遗世独立"的形象实际上是陆游高洁品性的外化，传达了作者独立不倚，高洁自爱的精神。梅成为作者品格个性的载体和人格精神的象征。通过梅品来写人品，梅即是人，人即是梅，词人将物品与人品自然地合而为一。可以说，陆游咏物词人格化、自我化的特点，把所咏对象作为自我人格精神、行为方式的对象化的特点进一步突出了景物的主体化。同时将咏物与抒情言志兼融并重。

在辛弃疾600余首词中，咏物之作达69首之多。辛稼轩的咏物词能够敏锐地捕捉物象的鲜明特色，将豪情忧愤通过拟人、移情、想象、比喻等手法不即不离地表现出来，使情物融为一体。特别是赋予物象以人的生命和情感特征，把物象主体化，使其通灵性、近人情，从而提高了词的意境。辛弃疾咏物词按照自己的主观意志对物象进行主体化的塑造，赋予物象人的情感和品格，使物之形与人之情融为一体。物象具有了人的情感生命，实现了物象的主体化。主体与客体结合在一起，物象不但不脱离自身的形式特征，而且具有了象征意义。如《念奴娇》：

洞庭春晚，旧传，恐是人间尤物。收拾瑶池倾国艳，来向朱栏一壁。透户龙香,隔帘莺语,料得肌如雪。月妖真态,是谁教避人杰。

酒罢归对寒窗,相留昨夜,应是梅花发。赋了高唐犹想象,不管孤灯明灭。半面难期,多情易感,愁点星星发。绕梁声在,为伊忘味三月。

这首咏梅词用拟人手法描摹物象,人梅合一,突出了物象主体性的特征。开篇三句描绘物象的总体美,将之比作绝色女子。"透户"三句用仙子肤如冰雪,香透帘栊来状梅花的颜色和香气。结尾二句用花妖之典照应"瑶池倾国艳",进一步渲染其绝色。下片"酒罢"三句追忆昨夜所见之梅花仙子,如同襄王梦巫山神女而使宋玉赋高唐一样,令词人难以忘怀。"半面"三句言胜景难再,多情易老,抒发对梅的深情眷恋。辛稼轩的咏物不但将自身放顿在词中,赋予物象以个人的品格,更与人格化的物象产生了情感的交流和对话,从而实现了景物的主体化描写。再如《鹊桥仙》中劝告鹭鸶与鱼儿欣然一处,《菩萨蛮》中牡丹化身温柔妩媚的佳人,小心翼翼地试问赏花人"晓妆匀未匀"。辛弃疾将自然界的各种动植物视为朋友和知己,在他的词作中赋予了它们以人的种种思想感情,因此他热爱自然的生态美学意识在词中常以拟人化的手法来显现,他赋予山、水、花、鸟以人的性格和感情,山会走,云能语,青山和白云好似一群顽皮的孩童,无不充满生命的活力、跃动的灵性。在词人笔下,自然景物已不是独立于人之外的外部环境,而是与词人一脉相连的生命共同体:"何人半夜推山去,四面浮云猜是汝","一松一竹真朋友,山鸟山花好兄弟"(《鹧鸪天·博山寺作》),"我见青山多妩媚,料青山见我应如是"(《贺新郎》),词人观赏青山的时候觉得青山很妩媚,想象着青山看见自己的时候也定会认为非常可爱。这样的一种和谐优美人与自然的生命之歌,是辛弃疾满怀仁爱情怀谱写而成,流露出对宇宙自然中生命的关注,蕴含着朴素的生态情怀以及生命意识。这种景物主体化的写法,赋予了外在世界以丰富的生命色彩,是诗人"物与"情怀的辐射和外化。可以说,辛弃疾咏物词通过景物主体化的描写,将主观的意志和情感投射在物象上,使词人情志与物象融为一体,使无生命的物象具有了生命情感,人与自然角色的转化,实现物我浑融。在感知大自然生命的同时,也体现了诗人对生命的深层认识,尊重生命,尊重自然。表达了人与自然万物的生命都具有强大的内在驱动力,亦即"生生不息"之美,从而产生了富有个性的象征意义,产生了蕴藉灵动的艺术效果。

南宋后期,姜夔、吴文英使咏物词的发展出现了转折,并对南宋晚期咏物词走向成熟和极致产生了重大影响。姜夔的词往往以托物比兴、借景抒情、欲言又止、朦胧迷离的方式来摹勒物象、刻画心声,形成语言的清刚和雅化,使其词达到了清冷的审美境界。对于景物的描写能于冷色幽香中表现出无穷的韵致,形成了清空峭拔的风格,意境清远而又韵味。如《念奴娇》:

闹红一舸,记来时尝与鸳鸯为侣。三十六陂人未到,水佩风裳无数。翠叶吹凉,玉容销酒,更洒菰蒲雨。嫣然摇动,冷香飞上诗句。

日暮青盖亭亭,情人不见,争忍凌波去。只恐舞衣寒易落,愁入西风南浦。高柳垂阴,老鱼吹浪,留我花间住。田田多少,几回沙际归路。

对于这首词,王国维《人间词话》说:"犹有隔雾看花之恨。"词中并没有直接写荷花的风姿,而是营造出清绝氛围,让人体会荷之神韵。他所写也不是一处之景,而将武陵、吴兴、杭州三地的荷花经想象巧妙地经营出一湾荷塘,作者本人也融入其中,鸳鸯多情,与他作伴;翠叶有心,为他吹凉;荷香妩媚,入他诗句;老鱼殷勤,留他共住。姜词的缘情造景,表现得是作者心仪的理想境界。荷花超绝凡品,而与作者为友,主客观融为一体,正体现了作者的襟怀。姜夔咏物词的可贵之处就在于主体与客体之间并不是单向流动,而是与客体作双向交流。词人沉浸于自己的主观心态中,以心象熔铸物象,用他的全部情感去拥抱外物,将自我精神投射于物,主体在对象中发现了自我,这时候物即是我,我即是物,进入了物我两忘的境界。同时物在成为"我"之情感载体的同时又有了相对独立的意义,不再单纯作为词人自身命运的象征,而是一个独立的主体。如"南去北来何事?荡湘云楚水,目极伤心"(《一萼红》),"维舟试望故国,眇天北"(《惜红衣》),"强携酒,小桥宅"(《淡黄柳》)。不仅如此,白石还很喜欢用一些美人、景物来强化这种主体性,"无言自倚修竹"(《疏影》),"红萼无言耿相忆"(《暗香》),"行过西泠有一枝,竹暗人家静"(《卜算子》),"有玉梅几树,背立怨东风"(《玉梅令》),"杨柳夜寒犹自舞,鸳鸯风急不成眠"(《浣溪沙》)等。姜夔咏物词中的审美主体不再是旁观者,而是与物并存于某一个环境之中,人与物两者密不可分。方智范先生曾将咏物词的发展分成三个阶段,即:第一阶段,见山是山,见水是水;第二阶段,见山不是山,见水不是水;第三阶段,则是见山是山,见水是水。无疑,第三个阶段是咏物词的最高阶段,他认为姜夔的咏物词就属于第三个阶段。①也就是说,姜夔词中的审美主体不再是旁观者,而是与物并存,密不可分,达到了物我同一、意境两浑的境地。再如他的《小重山令·赋潭州红梅》:

人绕湘皋月坠时。斜横花树小,浸愁漪。一春幽事有谁知?东风冷,香远茜裙归。

鸥去昔游非。遥怜花可可,梦依依。九疑云杳断魂啼。相思血,都沁绿筠枝。

词中写梅影映照于水面,而是写梅影浸透在水中,着一"浸"字,感情已很强烈,再以"愁"字形容涟漪,将涟漪主体化,烘托心境,其愁苦悲凉可以想见。在词中姜夔本人并没有交待主题,也没有发表对生活的看法,作者不再是抒情中心,所咏之物红梅占据着全词核心位置。通过"月坠""鸥去""东风""愁漪"以及"绿筠"的渲染烘托,通过"茜裙归""断魂啼""相思血"的主体化描写,以多重带有丰富感情色彩的意象结合成一个紧凑的整体,塑造出一种具有独特风采的、充满愁苦、浸透相思情味的红梅形象,词中所表现的种种感情完全寄托在物上面,而与词人的主观感受无关,全词表现出审美主体意识的消隐,

---

① 方智范:《论宋人咏物词的审美层次》,《词学》,上海:华东师范大学出版社,1988年,第176页。

凸显出审美客体的主体性,从而也达到了"即梅即人",人梅夹写,梅人交映,主客体两相融合的状态。词是含蕴空灵,意境深远,收放自如,达到似花非花,似人非人,花人合一的朦胧迷离的审美境界。姜夔咏物词所体现出的这种强烈的主体性,标志着中国抒情传统的转变,并将中国的咏物词带入了一个新境界。开以咏物托意的时代风气,为南宋咏物词的发展拓宽了道路。而非常值得注意的是,姜夔的此词和辛弃疾的《丑奴儿近·博山道中效李易安体》在景物描写方面呈现整篇主体化,这与单个的主体化词句相比,可以说,是词境景物主体化的另一个重要特点,而这个特点又恰好说明,南宋时期景物的主体化描写是相当的突出和成熟。在南宋末期,词人的景物主体化的描写也是非常多的,如"愁与西风应有约,年年同赴清秋"(史达祖《临江仙》),"落絮无声春堕泪,行云有影月含羞"(吴文英《浣溪沙》),"若对黄花孤负酒,怕黄花也笑人岑寂"(刘克庄《贺新郎》)。而景物的主体化可以多维度、多视角地展示诗人的心灵世界和与之交相辉映的景物世界,呈现出言不尽、理不清、道不明的意象和意绪,使情感得到深度的表达,从而产生象外之象、言外之意的接受效果。

吴文英的咏物词"据不完全统计,词题直接点明咏物的近60首。"①其中有咏梅、咏桂花、咏牡丹、咏海棠、咏芙蓉、咏玉兰、咏白莲、咏水仙、咏菊花等等。吴文英词多采用离形取神的摄物取景方法,使物我合一,情景交融,把客观景物转化为诗人情感的化身。在意象结构上不固守本身的限定而体现出某种程度上的交融,淡化抒情主体与抒情对象之间界限,突破了物我关系和主客关系,使诗人主观之情与客观景物之间相互融合。词中很难分辩谁主谁客,既可以看作是诗人在自我抒情,又可看作是抒情对象在抒情,主客界限趋于消隐。如《好事近》"雁外雨丝丝"既可看作是词人在秋雨中思忆爱姬,又可看作是写闺情绮怨;《花心动·柳》"十里东风"看似借柳写女子思念情郎,却又象诗人自己思念爱姬。又如"隔江人在雨声中,晚风菰叶生秋怨"(《踏莎行》),

---

① 陶尔夫,刘敬析著:《吴梦窗词传》,长春:吉林人民出版社,1998年。

"落絮无声春堕泪,行云有影月含羞"(《浣溪沙》)等描写,主客关系也朦胧难辨。吴文英词的一种意识流的结构方式,对时空、物我、主客等现实关系实现了一定超越,促使其意象结构在虚实关系上也必然突破双方的界限,或化实为虚,或化虚为实,实现虚实之间的转换和融通,有时他化实为虚,赋予客观实景以情思,如"垂杨漫舞,总不解将春留住"(《西子妆慢》),"征衫贮、旧寒一缕"(《点绛唇》),"雨外蛩声早,细织就、霜丝多少"(《夜游宫》)等。这种景物主体化的描写使他笔下的客观景物常带有一种动人的情味和神采。有时他又化虚为实,将内在的、难言说的情思融入到所造设的景物之中,如"连呼酒,上琴台去,秋与云平"(《八声甘州》),"把闲愁换与,楼前晚色,棹沧波远"(《水龙吟》),"断烟离绪关心事,斜阳红隐霜树"(《霜叶飞》)等。景物主体化的描写又使他笔下的情思显得极委婉、含蓄,有味外之味。可以说景物主体化的描写有利于化质实为灵动,在密集艳丽的意象群中贯之以空灵之气,避免堆砌、凝滞之弊;也有助于变虚泛、平直的情思为形象具体、曲折含蓄的描绘,给人以沉郁、深厚的实感,避免抒情流于空泛和油滑,整体词显示出一种秾挚绵丽和超逸沉郁的风格特色。

纵观宋词的景物描写,整个北宋 4439 首词中,写景词 490 首,占 11.03%,咏物词 484 首,占 10.90%,二者合起来占 21.94%。整个南宋 14713 首词中,写景词 1407 首,占 9.56%,咏物词 2192 首,占 14.89%,二者合起来占 24.46%。两相比较,南宋的对象化景物描写方面已经大大超过前代。而根据《唐宋词鉴赏辞典》附录的名句索引,我个人认为的景物主体化的句子有 61 句(句子附在后面),其中五代 5 句,北宋 26 句,南宋 30 句,相比较,景物主体化的句子五代与宋代的差异是明显的,而北宋与南宋的差异并不是很大,但咏物词的增多说明,把握不了国势、时代甚至个人命运的人们,无所凭依心灵的南宋词人开始把目光投向了自然,人与自然的关系得到了再次的融合。而人与自然的融合又促使咏物词和写景词的数量增多,从而实现景物描写的主体化凸现,达到情景交融,使词的意境产生无穷的韵味。再次,我们也不难发现,由于景物主体性的凸现,这便实现了主体间的交流对话。使审美主体与审美客体之间你中有我,我中有你,二者达到对对方的领悟和认同。而从情与景的关系来说,由于景物主体性的凸现,景与情之间不存在隔阂了,而是变成了主体间的心心相应、不分彼此。所以说,惟有景物主体化,才可以使情景交融成为可能,从而实现"景生情,情生景,哀乐之触,荣悴之迎,互藏其宅"(王夫之《姜斋诗话》)的妙合无垠,表达出韵味无穷的意境。

第四节　南宋后期情景关系的协调之美与词境的另一洞天

宋代词人在词中把青山、花草、碧水、鱼鸟等都看作如同人一样具有情感,可以与人相互交流感情。在词人的想象中,青山如同自己的故交,能够听懂词人的心声,词人欣然与之交往。林逋《相思令》云:"吴山青,越山青,两岸青山相对迎。"冯取洽《沁园春》云:"青山好,尽从今日日,闷不妨排。"洪适《浣溪沙》云:"不见丹丘三十年。青山碧水想依然。"吴儆《减字木兰花》云:"只有青山堪作伴。"辛弃疾《洞仙歌》云:"婆娑欲舞,怪青山欢喜。"人与山水之间,有着深情厚谊。除了将青山视为故知,诗人还把山花鱼鸟当做自己的朋友,在心理上与自然亲和。赵磻老《满江红》云:"物外烟霞供啸咏,个中鱼鸟同休逸。"方千里《隔浦莲》云:"绀影浮新涨,夷犹终日鱼鸟,花妥庭下草。"贺铸《诉衷情》云:"年来镜湖风月,鱼鸟两相忘。"晁补之《阮郎归》云:"平生鱼鸟与同归。临风心自知。"叶梦得《江城子》云:"鱼鸟三年,谁道总无情。"方有开《点绛唇》云:"年年行役。鱼鸟浑相识。"美国哲学家、环境伦理学家霍尔姆斯·罗尔斯顿在《环境伦理学》中说:"从历史和科学的角度来看,正是通过与大自然的多样性和统一性的接触,我们才变得聪慧起来。"[①]人类心灵在与自然的接

[①]霍尔姆斯·罗尔斯顿著:《环境伦理学》,北京:中国社会科学出版社,2000年,第25页。

触中才能变得充盈、聪慧起来。宋代山水词中描绘了多种生物之间的和谐关系、安详静穆的生态图景，表现了人与自然万物关系的协调之美。

宋元交替之际，南宋遗民词人为逃避现实的摧残折磨，为寻得精神上的解脱与自由，为找到一个暂时的避难所，他们中的许多人自然而然地选择了走向山水云林，将个体生命融入大自然的清新秀丽之中，静下心来进行审美观照。他们描写自然山水，总是将自我感伤、归去渴望与历史慨叹融于其中，不局限于对山水景物的直接叙写，还有对自我心灵世界的审视与关注，因此开拓了词境，呈现出不同已往山水词作的审美色彩。南宋遗民词人在描写自然景物时，将走向自然时的愉悦、适意的情感充分地展示出来，自然山水是他们抒写隐逸情志的手段，唯其优美，才见隐逸的归向是最佳的选择，较之进取入世，它合乎人的天性，令人轻快无比，因而作品中的景更多地用之于写情。情之真挚，情之热烈，使山山水水，花花草草都着染了浓厚的抒情意味，创作者主体情志的张力外现于客观之景，客观之景也因之富于感染力。如周密的《闻鹊喜·吴山观涛》：

天水碧。染就一江秋色。鳌戴雪山龙起蛰。快风吹海立。

数点青鬟青滴。一纾霞销红湿。白鸟明边帆影直。隔江闻夜笛。

词的上阕首先刻画了一幅静美的画面，一江碧水，一江秋色。然而这宁静很快就结束了。大潮汹涌而来，海水翻腾，似乎鳌戴雪山龙起蛰。快风吹海立。这样的动静对比，这样的忽然而来的壮美景色，给予我们的心灵极大的冲击和震撼。当潮水退去，一切又恢复到静美的状态。苍山青翠，霞绡红湿，白鸟鸣叫，帆影笔直。就连人也安静的成为自然造化中的一部分，隔江闻夜笛，如同白鸟鸣边帆影直一样，万物各显其象，各呈其迹。整首词表明了词人在观涛之时，"心凝神释，与万化冥合"，没有受到世俗之我的干扰，故而物我相融，词人在观赏山水时，获得了纯粹的山水美感经验。词人登山览水"以物观物"之时，能够避免任何其他与山水美感经验无关的情绪的介入，浑然忘我，无我之执，无物之念，得以感受最真实的山水，也得以超越红尘，获得解脱。

张炎的《高阳台·西湖春感》：

　　接叶巢莺，平波卷絮，断桥斜日归船。能几番游？看花又是明年。东风且伴蔷薇住，到蔷薇、春已堪怜。更凄然，万绿西泠，一抹荒烟。

　　当年燕子知何处？但苔深韦曲，草暗斜川。见说新愁，如今也到鸥边。无心再续笙歌梦，掩重门、浅醉闲眠。莫开帘。怕见飞花，怕听啼鹃。

这首词从写景起笔，用平缓的笔调写出了春深时景。点出良辰美景仍在，却是春暮时刻，未几花将凋谢，只好静待明年了。"春逝"的哀感弥漫于胸，只好挽留春天。"东风且伴蔷薇住"一句景物主体性的描写意思是说：东风呀，你伴随着蔷薇住下来吧。而蔷薇花开，预示着春天的即将结束。"到蔷薇、春已堪怜"，春光已无几时，转眼就要被风风雨雨所葬送。"更凄然，万绿西泠，一抹荒烟。"尽管春天尚未归，西泠桥畔，却已是一片触目惊心的荒芜。笔意刚酣畅，却又转为伤悲。西泠桥是个"烟柳繁华地，温柔富贵乡"，但现在只剩下"一抹荒烟"，今昔对比之强烈，已触着抒发亡国之痛的主题了。

下阕起笔令人一振，"当年燕子知何处？"此句代用刘禹锡诗："旧时王谢堂前燕，飞入寻常百姓家。"此词在刘诗基础上进一步点明了自己的故国之思。"苔深""草暗"形容荒芜冷落之状。当年的繁华风流之地，只见一片青苔野草。昔日燕子也寻不到它的旧巢。而且不光如此，"见说新愁，如今也到鸥边"是景物主体性的描写。词人暗用了辛弃疾的两句词："拍手笑沙鸥，一身都是愁。"意谓连悠闲的鸥，也生了新愁。白鸥之所以全身发白，似乎都是因"愁"而生的，因此常借用沙鸥的白头来暗写自己的愁苦之深。"无心再续笙歌梦，掩重门、浅醉闲眠"，此二句既说现在的倦怠失意，又点出自己从前的身份：贵公子和隐士。"莫开帘。怕见飞花，怕听啼鹃。""开帘"照应"掩门"，"飞花"照应"卷絮"，"啼鹃"应"巢莺"，首尾呼应，营造了一种花飘风絮，杜鹃啼血的悲凉氛围。张炎此词用鸟声结尾，这就使词有凄切哀苦的杜鹃啼泣之声，余音袅袅，收到了很好的艺术效果。

除此之外,张炎的咏物词也较多地运用景物主体性描写的艺术手法。如《红情》之"闲立、翠屏侧,爱向人弄芳",《声声慢·西湖》之"谁识山中朝暮,向白云一笑,今古无愁",《解连环·孤雁》之"楚江空晚,怅离群万里,恍然惊散",作者将自己的情感"怅""惊"投射到所咏对象的身上,使之富于情韵。

从表面上看,王沂孙、张炎、周密等遗民词人在宋亡前和宋亡后的生活方式均是寄情山水,均以自然时序风物吟赏为尚,而实际上所表达的内容和传达的心境有着本质的区别。在隐居生活中,南宋遗民词人以自然山水为审美对象,流连景物,从自然风物吸取美感,获得创作灵感,通过自然景物主体性描写,抒发对故国故人的思念和哀悼,如"欲寄梅花、莫寄梅花"(汪元量《一剪梅》),"最关情,折尽梅花,难寄相思"(周密《高阳台》),"谁解倚梅花"(蒋捷《南乡子》),"雪销未尽残梅树"(刘辰翁《青玉案》),"欲吊梅花无句"(罗志仁《风流子》),"冰心更苦,都说与梅花"(何梦桂《摸鱼儿》)。可以说,南宋遗民词人陶醉于山水而不沉溺于声色,清丽秀美的湖光山色,是他们共同的审美对象;情寄深远的遗民哀思,是他们相似的感慨襟怀。

南宋遗民词人的创作有着鲜明、独特的个性,他们笔下的物象并不是呆板的与词意结合,而往往是物、人、景、典事的多重整合,其结构脉络往往是物理、事理、情理错综贯串,并且有机的将内心的真实情感同物象形态有机地结合在一起,借写物传达心绪,有着强烈的主观色彩,词人将客观物象主观化,并通过景物主体性描写手法使客观物象成为自己人格形象的化身并寄托自己内心不可明状的深层情感。如果说主、客观融合的一般模式是情中有景、景中有情,那么南宋遗民词人山水词则是以物为我,以形写心。可以说在南宋末,一个词人群体走向云林山水,在此间寻找心灵的归宿,在山水间以另外一种方式实现着自己的人生价值。可以说,在宋词即将偃旗息鼓之时,山水词作大放光彩,霞光万丈,为宋词的落幕划上完美的句号。

综前所述,南宋与前代相比,词中所表达的情感,由伤景怀人、一己悲欢的浅吟低唱扩大到对家国之思的忧患意识、激越的爱国情怀以及对人生哲理性思考的表达。词中所描写的场景突破了在这之前的闺阁楼台，出现了对田园景色和农村风光的描写，转向更为广大的社会环境，词更加追求大自然的无限远大，对自然山水的描绘更多、更丰富，景物在词中的对象化，主体化进一步增强并凸显出来。意境除清丽婉约外，总体呈现出深宏、凝重。而从意境的营造看，词中或景中有情，情中有景，情与景的俱存；或事境、物境的实境，或精神、意志的虚境，虚与实的结合都达到了很完美的统一。而由于情与景的妙合、虚与实相生，表面看似平淡无奇的词，细细读来却感到词浅情深，含悠然不尽的韵味。

结　语

　　词作为一种文学艺术，表达了词人的情怀与思想。作者通过形象思维，或融情入景、或借景衬情、或情景交融，或直抒胸臆、或寄意高远，给我们展现了五彩缤纷的意境。就前面我们分析来看，词的意境在营造变化过程中，自然作为审美客体恰好经历了一个工具化、对象化、主体化以及三者与其他各种手法的彼此融会、相互依赖、相互作用、相互促进的有机系统化过程。与此相对应，词中所描写的景物经历了一个由狭小的城市人造建筑空间延伸到广漠的大自然并对自然景物的深入描写的过程，所描写的情感经历了一个从表现人们对爱欲恋情的追求到个体自我的身世之感、生存忧患再到社会、民族的忧患意识与宇宙人生哲思的双重并置的转变过程，而这个过程中不论其抒情主人公是否直接出现，"情"和"自然"都能和谐的融合在一起并在我们面前呈现出一幅优美的画面，我们不难看出，这个过程恰好是人不断与自然亲近、融合到合而为一的过程。而人与自然的这种不断融合的过程，也恰好是意境不断的被营造和变化的过程。但词意境在生成过程中又不是一个简单的逻辑演绎或断然截取一端就可以概括净尽的。从意境的具体特征来说，词在意境的营造上有着情景交融的表现形态，有着虚实相生的想象空间，有着言有尽而意无穷的接受效果，但在词境的流变过程中这三个方面并不是同步调进行的，它们在词境的生成过程中是一个彼此融合、相互依赖、相互作用、相互促进的有机系统化过程，也是"自然的人化"在不同阶段的具体表现，而因此我们可以说宋词独特的抒情魅力不是偶然产生的，它是多种历史契机的产物，但只有从人与自然的层面上去认识，从词的意境上去品味才能够深刻理解它的价值。

附录:主体化词句

晚唐五代:

1.冯延巳　梅落繁枝千万片。犹自多情,学雪随风转。《鹊桥仙》

2.张泌　烟收湘渚秋江静,蕉花露泣愁红。《临江仙》

3.魏承班　皓月泻寒光,割人肠。《诉衷肠》

4.李煜　流水落花春去也,天上人间 。《浪淘沙令》

5.李璟　青鸟不传云外信,丁香空结雨中愁。《浣溪沙》

北宋:

6.苏庠　灞桥杨柳年年恨,鸳浦芙蓉叶叶愁。《鹧鸪天》

7.黄庭坚　醉舞下山去,明月逐人归。《水调歌头》

8.黄庭坚　春无踪迹谁知? 除非问黄鹂。百啭无人能解,因风飞过蔷薇。《清平乐》

9.李祁　花无数。问花无语,明月随人去。《点绛唇》

10.张先　那堪更被明月,隔墙送过秋千影。《青门引》

11.欧阳修　游丝有意苦相萦 ,垂柳无端争赠别。《玉楼春》

12.苏轼　寒雀满疏篱,争抢寒柯看玉蕤。《南乡子》

13. 苏轼　无情汴水自东流,只载一船离恨向西州。《虞美人》

14. 苏轼　细看来,不是杨花,点点是离人泪。《水龙吟》

15. 叶梦得　落花已作风前舞,又送黄昏雨。《虞美人》

16. 林逋　吴山青,越山青,两岸青山相送迎,谁知离别情。《长相思》

17. 李元膺　乱红飞絮,相逐东风去。《茶瓶儿》

18. 晏殊　明月不谙离恨苦,斜到晓穿朱户。《蝶恋花》

19. 晏几道　落花人独立,微雨燕双飞。《临江仙》

20. 晏几道　当时明月在,曾照彩云归。《临江仙》

21. 宋祁　红杏枝头春意闹。《木兰花》

22. 欧阳修　泪眼向花花不语,乱红飞过秋千去。《蝶恋花》

23. 晏殊　槛菊愁烟兰泣露《蝶恋花》

24. 贺铸　疏雨池塘见,微风襟袖知。《南歌子》

25. 贺铸　断无蜂蝶慕幽香,红衣脱尽芳心苦。《踏莎行》

26. 贺铸　当年不肯嫁春风,无端却被秋风误。《踏莎行》

27. 贺铸　若问闲情都几许?一川烟草,满城风絮,梅子黄时雨。《踏莎行》

28. 贺铸　郴江幸自绕郴山,为谁流下潇湘去?《踏莎行》

29. 毛滂　酒浓春入梦,窗破月寻人。《临江仙》

30. 周邦彦　夜深月过女墙来,伤心东望淮水。《西河》

31. 张先　云破月来花弄影《天仙子》

南宋:

32. 李好古　燕子归来愁不语,旧巢无觅处。《谒金门》

33. 姜夔　燕燕飞来,问春何在,唯有池塘自碧。《淡黄柳》

34. 姜夔　数峰清苦,商略黄昏雨。《点绛唇》

35. 姜夔　翠尊易泣,红萼无言耿相忆。《暗香 疏影》

36. 姜夔　杨柳夜寒犹自舞,鸳鸯风急不成眠。《浣溪沙》

37.幼卿　谩留遗恨锁眉峰。自是荷花开较晚,孤负东风。《浪淘沙》

38.史达祖　愁与西风应有约,年年同赴清秋。《临江仙》

39.周密　暗里东风,可惯无情,搅碎一帘香月。《疏影》

40.辛弃疾　剩山残水无态度,被疏梅料理成风月。《贺新郎》

41.辛弃疾　城中桃李愁风雨,春在溪头荠菜花。《鹧鸪天》

42.辛弃疾　我见青山多妩媚,料青山见我应如是。《贺新郎》

43.辛弃疾　浮天水送无穷树,带雨云埋一半山。《鹧鸪天》

44.辛弃疾　无情水都不管,共西风,只管送归船。《木兰花慢》

45.辛弃疾　恨牡丹笑我倚东风,头如雪。《满江红》

46.辛弃疾　红莲相倚浑如醉,白鸟无言定自愁。《鹧鸪天》

47.陆游　驿外断桥边,寂寞开无主,已是黄昏,更著风和雨。《卜算子》

48.陆游　无意苦争春,一任群芳妒。《卜算子》

49.李持正　皓月随人远近。《明月逐人来》

50.吴文英　落絮无声春堕泪,行云有影月含羞。《浣溪沙》

51.周密　晚色一川谁管领,都付雨荷烟柳。《乳燕飞》

52.周密　问东风,先到垂杨,后到梅花。《高阳台》

53.史达祖　做冷欺花,将烟困柳,千里偷催春暮。《绮罗香》

54.无名氏　桃李枝上,啼莺言语,不肯放人归。《九张》

55.吴潜　天际孤云来去,水际孤帆上下,天共水相邀。《水调歌头》

56.王炎　花不语,笑人痴。《江城子》

57.张炎　一字无题处,落叶都愁。《八声甘州》

58.范成大　酴醾架上蜂儿闹,杨柳行间燕子飞。《鹧鸪天》

59.黄机　离愁不管人飘泊,年年孤负黄花约。《忆秦娥》

60.黄孝迈　空樽夜泣,青山不语,残照当门。《湘春夜月》

61.刘克庄　若对黄花孤负酒,怕黄花也笑人岑寂。《贺新郎》

主要参考文献、著作

[1] 丁稚鸿等编.唐宋词鉴赏辞典[M].上海:上海辞书出版社,1988

[2] 杨海明.唐宋词史[M].天津:天津古籍出版社,1998

[3] 张惠民.宋代词学审美理想[M].北京:人民文学出版社,1995

[4] 魏士衡.中国自然美学思想探源[M].北京:中国城市出版社,1994

[5] 刘毓盘.词史[M].上海:上海书店,1985

[6] 薛砺若.宋词通论[M].上海:上海书店,1985

[7] 孙述圻.六朝思想史[M].南京:南京出版社,1992

[8] 杜黎均.文心雕龙文艺理论研究和译释[M].北京:北京出版社,1981

[9] 郭晋稀.文心雕龙注译[M].兰州:甘肃人民出版社,1984

[10] 张少康.中国文学批评发展史:下卷[M].北京:北京大学出版社,2000

[11] 赵永纪.诗论[M].南宁:广西师范大学出版社,1999

[12] 黄钢.诗的艺术[M].乌鲁木齐:新疆大学出版社,1992

[13] 陈良运.中国诗学体系论[M].北京:中国社会科学出版社,1998

[14] 杨清.现代西方心理学主要派别[M].沈阳:辽宁人民出版社,1963

[15] 黄维梁.中国诗学纵横论[M].台北:台湾洪范书店,1977

[16] 王夫之.清诗话[M].上海:上海古籍出版社,1963

[17] 何文焕.历代诗话[M].北京:中华书局,1981

[18] 丁福保.历代诗话续编[M].北京:中华书局,1983

[19] 郭绍虞.清诗话续编[M].上海:上海古籍出版社,1983

[20] 何汶.竹庄诗话:卷一[A].四库全书珍本初集[M].沈阳:沈阳出版社,1998

[21] 袁枚.随园诗话[M].北京:人民文学出版社,1982

[22] 刘熙载.艺概[M].上海:上海古籍出版社,1982

[23] 尧斯、霍拉勃.接受美学与接受理论[M].沈阳:辽宁人民出版社,1987

[24] 沈子丞.历代论画名著汇编[C].北京:文物出版社,1982

[26] 叶维廉.中国诗学[M].北京:生活、读书、新知三联书店,1994

[27] 阿恩海姆.艺术与视知觉[M].北京:中国社会科学出版社,1984

[28] 王建疆.修养境界审美——儒道释修养美学解读[M].北京:中国社会科学出版社,2003

[29] 袁行霈.中国文学史[M].北京:高等教育出版社,1999

[30] 宗白华.美学散步[M].上海:上海人民出版社,1981

[31] 蒲震元.中国艺术意境论[M].北京:北京大学出版社,1999

[32] 顾祖钊.艺术至境论[M].天津:百花文艺出版社,1992

[33] 乔象钟,陈铁民.唐代文学史[M].北京:北京人民文学出版社,1995

[34] 孙望,常国武.宋代文学史[M].北京:北京文学出版社,1995

[35] 袁行霈.中国诗歌艺术研究[M].(增订本),北京:北京大学出版社,1996

[36] 吴功正.中国文学美学[M].南京:江苏教育出版社,1990

[37] 韩经太.中国诗学与中国传统文化精神[M].成都:四川人民出版社,1990

[38] 蔡镇楚.中国诗话史[M].长沙:湖南文艺出版社,1988

[39] 张皓.中国美学范畴与传统文化[M].武汉:湖北教育出版社,1996

[40] 夏昭炎.意境概说[M].北京:北京广播学院出版社,2003

[41] 刘九洲.艺术意境概论[M].武汉:华中师大出版社,1987

[42] 蓝华增.说意境[M].昆明:云南人民出版社,1996

[43] 薛富兴.东方神韵——意境论[M].北京:人民文学出版社,2000

[44] 古风.意境探微[M].南昌:百花洲文艺出版社,2001

[45] 汪裕雄.意象探源[M].合肥:安徽教育出版社,1996

[46] 胡经之.文艺美学[M].北京:北京大学出版社,1992

[47] 袁行霈.中国诗歌艺术研究[M].北京:北京大学出版社,1987

[48] 宗白华.中国艺术意境之诞生 宗白华全集第二卷[M].合肥:安徽教育出版社,1994

[49] 宗白华.美学与意境[M].北京:人民出版社,1987

[50] 林衡勋.中国艺术意境论[M].乌鲁木齐:新疆大学出版社,1993

[51] 陈良运.中国诗学体系[M].北京:中国社会科学出版社,1992

[52] 张世英.天人之际[M].北京:人民出版社,1995

[53] 朱光潜.诗论[M].上海:三联书店,1984

期刊论文

[1] 王建疆 自然的玄化、情化、空灵化与中国诗歌意境的生成[J].学术月刊 2004.5

[2] 乔力 涵蕴辉煌:唐五代词概论[J].东岳论丛 2001.3

[3] 范中胜 田园词和辛弃疾的农村词[J].河南社会科学 2004.5

[4] 曹朝阳 孙茜 论李清照词作意境美的时段特征[J].河北省社会主义学院学报 2004.4

[5] 何凤奇 唐宋词情景交融散论[J].齐齐哈尔师范学院学报 1995.1

[6] 许伯卿 不同历史时期宋词题材构成比较[J].南阳师范学院学报(社会科学版)2005.7

[7] 李萍 试论南渡前后词风之变化[J].南京理工大学学报(社会科学版)1999.5

[8] 王兆鹏　唐宋词的审美层次及其嬗变[J].文学遗产.1994.1

[9] 戴武军　诗歌情景交融说的哲学内涵[J].山东大学学报.1993.5

[10] 蓝华增　说意境[J].文艺研究.1980.1

[11] 赵景瑜　说意境[J].古代文学理论研究丛刊.(7)

[12] 周来祥　是古典主义还是现实主义[J].文学评论.1980.3

[13] 祁志祥　情景说——中国古代的诗歌意境论[J].广州师院学报(社科版).1992.2

[14] 魏景波　谢朓诗的特质及其对唐诗的影响[J].陕西师范大学学报(哲学社会科学版).2000.2

[15] 伍宝娟　"物感"说对中国古代美学思想的影响[J].西南民族学院学报·哲学社会科学版.2002.6

[16] 吴瑞裘　"天人合一"观与中国诗学民族特性的形成[J].龙岩师专学报.2003.4

[17] 朱志荣　中国美学的"天人合一"观[J].西北师大学报(社会科学版).2005.2

[18] 汪又红　试论中国古代诗歌的情景交融[J].首都师范大学学报(社会科学版).2002年增刊

[19] 高中华　生态美学:理论背景与哲学观照[J].江苏社会科学.2004.2

[20] 郁沅　中国美学——情景交融之途[J].湖北大学学报(哲学社会科学版).2004.1

[21] 唐艳华　浅析中国古代诗学中的情景说[J].喀什师范学院学报.2004.1

[22] 黄健云　中国移情说的特色及美学价值[J].高等函授学报(哲学社会科学版).2003.3

[23] 张文杰　青山与我共妩媚——试论"境界说"中的移情因素与审美创造之关系[J].伊犁师范学院学报.2002.1

[24] 李泽厚　审美与形式感[J].文艺报.1981.6

后 记

本书是在我硕士毕业论文的基础上完成的。在硕士论文写作之际,我的导师王建疆先生从选题到构思、写作、反复修改,直到最后完成定稿,先生给出了很多建设性的建议和指导,并亲自帮我多次修改论文,最终定稿完成答辩。后来我的论文成为王建疆先生国家社科基金项目《从人与自然关系的嬗变看意境型诗歌的生成流变》其中的一章,并且该成果以《自然的空灵——从人与自然关系嬗变看意境型诗歌的生成和流变》作为书名被光明日报出版社出版,同时收入高校社科文库。毕业至今,沿着当时硕士论文的研究方向,对论文涉及到的一些问题作了一些思考,期间发表了一些文章,现今结合硕士论文,回过头对文章不足之处进行补充,重新组合,形成现在这一本著作。尽管自始至终我都是以认真的态度来完成这本书,但限于学识水平和时间,书中定然有不少错漏粗疏,还请朋友批评指正。

同时,向那些曾给予我重要支持和帮助的人们表示深深的谢意。

魏学宏

2018 年 2 月